FOLIO JUNIOR/**ANIMORPHS**

Même le livre se transforme !
Faites défiler rapidement
les pages et regardez...

Déjà parus dans la série

ANIMORPHS

Pour en savoir plus,
rendez-vous à la p. 197

K. A. Applegate

L'AFFRONTEMENT

Traduit de l'américain
par Mona de Pracontal

ANIMORPHS

FOLIO JUNIOR/GALLIMARD JEUNESSE

Pour Michael

L'auteur souhaite remercier le centre de recherches sur les rapaces de l'Université du Minnesota (University of Minnesota ; Raptor Center). Pour de plus amples informations sur le Raptor Center et les oiseaux de proie en général, contactez le centre sur Internet : www. raptor. cvm. umn. edu.

Titre original : *The Encounter*
Edition originale publiée par Scholastic Inc., 1996

CHAPITRE 1

Je m'appelle Tobias. Je suis un caprice de la nature, unique en son genre.

Je ne vous dirai pas mon nom de famille. Je ne peux pas le faire. Pas plus que celui de la ville où j'habite. Je veux tout vous raconter, mais je ne peux pas vous donner d'indications sur ma véritable identité, ni sur celle des autres. Tout ce que je vais vous dire est vrai. Je sais que ça va vous paraître incroyable, mais croyez-le quand même.

Je m'appelle Tobias. Je suis un adolescent normal, je crois. Du moins je l'étais. A l'école, j'étais moyen. Pas super, mais pas mauvais non plus : moyen.

Je crois que je faisais un peu niais. Grand, mais pas assez pour ne jamais me faire chahuter. J'avais

les cheveux blonds, plutôt en bataille parce que je n'arrivais jamais à les coiffer. J'avais les yeux... De quelle couleur étaient mes yeux ? Ça ne fait que quelques semaines et j'oublie déjà certaines choses du temps où j'étais humain.

J'imagine que ça n'a pas d'importance, de toute façon. Maintenant, j'ai les yeux bruns et dorés. Ils expriment toujours la férocité et la colère. Moi, je ne suis pas tout le temps féroce ou en colère, mais c'est l'air que j'ai.

Un après-midi, je planais sur les thermiques, l'air chaud qui monte. Je m'étais laissé porter très haut dans le ciel, et des nuages bas et gonflés d'humidité filaient à un mètre à peine au-dessus de moi.

J'ai alors regardé vers le sol avec toute la puissance de mon regard perçant. De mes yeux féroces. Je savais encore lire ; je n'avais pas oublié. Et j'arrivais à distinguer le grand panneau rouge et blanc qui disait : « Dan le Faucon – Roi de l'occasion ».

J'ai plaqué les ailes tout contre mon corps, et j'ai commencé à me laisser tomber.

En bas, en bas, en bas ! Vite. Plus vite !

Je tombais en fendant l'air chaud du crépuscule, comme une pierre. Comme un obus qui cherche sa cible. Tout était silencieux, à part le sifflement de l'air contre mes ailes. Le sol montait vers moi, comme s'il essayait de me rattraper.

J'aperçus la cage. Elle ne faisait pas plus d'un mètre de côté. A l'intérieur, il y avait un faucon. C'était une queue rousse. Comme moi.

L'homme était à côté. Je le reconnaissais parce que je l'avais vu dans une pub à la télé. C'était lui, Dan le Faucon, et le garage de voitures d'occasion lui appartenait. C'est lui qui retenait la femelle queue rousse prisonnière. Elle lui servait de mascotte. Dans les pubs, il l'appelait Polly-Casse-les-Prix. Ça me rendait malade, j'étais furieux.

Je vis la caméra. Trois types s'affairaient autour ; ils allaient bientôt tourner une publicité en direct. Je m'en fichais.

Dan le Faucon se dirigea vers la cage pour donner à manger à la queue rousse. La cage était fermée par un cadenas à combinaison, comme pour les vélos. Quatre chiffres ; je les distinguai quand il composa le code : 8 – 1 – 2 – 5.

J'étais à deux cents mètres d'altitude et je piquais vers la terre à cent dix à l'heure. Mais je parvins à voir les chiffres. Et l'humain en moi, Tobias, se souvenait.

Dan ouvrit la cage et y lança un peu de nourriture. Puis il la referma et remit le cadenas.

De puissants projecteurs s'allumèrent. La publicité commençait. Elle allait être diffusée en direct dans toute la région.

Ce que j'avais en tête était fou. Complètement ouf, aurait dit Marco. C'était un de ses mots préférés, ouf.

Je m'en fichais.

Il y avait un faucon dans une cage minuscule, qui servait de mascotte à un vendeur de voitures minable. Ça n'allait pas durer, en tout cas pas si je pouvais faire quelque chose.

– TSIIIIIIIIR ! hurlai-je.

A six mètres du sol, j'ouvris mes ailes. La pression fut terrible. Je me servis en partie de cette puissance pour obtenir une grande vitesse de vol. Comme une flèche, je fusai entre les voitures garées, jusqu'à la cage.

Je me posai sur les barreaux et m'y agrippai avec mes serres.

Avec la pointe recourbée de mon redoutable bec, je bougeai le premier chiffre.

– Hé ! Qu'est-ce que... cria quelqu'un.

Les projecteurs se braquèrent sur moi.

– Eh bien, mesdames et messieurs, amis téléspectateurs, s'exclama Dan, surpris, je crois que nous avons un oiseau qui essaie de rentrer dans la cage de notre Polly-Casse-les-Prix. Faites-le décamper, les gars.

« T'as raison, me dis-je, fais-moi décamper. »

Je fis tourner le second chiffre. Des gens venaient vers moi. J'aperçus un mécanicien qui avait attrapé une grande clé anglaise. Mais je n'allais pas partir avant d'avoir libéré cet oiseau.

Les faucons n'ont rien à faire dans des cages. Leur place est dans le ciel.

Ils m'encerclaient déjà.

– Vas-y Earl ! Tape-lui dessus !

– Fais gaffe à son bec !

– Peut-être qu'il a la rage !

VLAM ! Le mécanicien fit tournoyer sa clé, et me

manqua de peu. Si je ne trouvais pas de renfort, et vite, j'étais mort.

< Rachel ? appelai-je mentalement. Rachel ? Maintenant, ce serait le bon moment ! >

< Désolée ! J'ai raté le bus. Je viens d'arriver ! >

Sa voix résonnait dans ma tête. Nous appelons ça la parole mentale. C'est quelque chose que nous pouvons faire quand nous morphosons.

Je poussai un soupir de soulagement : les renforts étaient en route.

– YAHHHHOOOU !

– Mais qu'est-ce que c'est que ce... s'écria le mécanicien.

Je savais ce que c'était. C'était Rachel, la blonde et jolie Rachel. Bien qu'à ce moment précis, elle ne fût pas jolie – impressionnante, oui, mais jolie, non.

BADABOUM ! CRAC !

– Oh mon Dieu, s'étrangla Dan. Laissez tomber l'oiseau, il y a un éléphant qui piétine les décapotables !

J'aurais souri, si j'avais eu une bouche.

J'achevai de composer le code et ouvris la porte de la cage d'un coup de bec.

La queue rousse était méfiante. C'était un vrai faucon, qui ne disposait que de son esprit d'animal et de ses instincts pour se guider. Cependant, elle savait reconnaître une porte ouverte sur le ciel.

Dans un grand froissement de plumes grises, brunes et blanches, elle sortit de la cage. Elle ne savait pas que je l'avais libérée ; elle n'était pas capable de se faire ce genre de réflexion. Elle n'éprouvait pas de reconnaissance non plus. Mais elle battit des ailes et s'éleva dans l'air. Libre.

Et c'est à ce moment-là que j'ai ressenti le plus étrange des sentiments. L'impression qu'il fallait que je parte avec elle. Que je sois avec elle.

< On peut s'en aller, maintenant ? > demanda Rachel.

Elle barrissait très fort et piétinait les voitures en agitant la trompe. Ce qu'on appellerait bien s'amuser, chez des éléphants. Mais il était temps que nous partions. Et que Rachel reprenne sa forme humaine.

Je regardai à nouveau vers le ciel. Je vis le soleil qui brillait à travers la queue rousse de la femelle faucon. Elle s'élança vers le soleil couchant.

CHAPITRE 2

< J'entends des sirènes >, dis-je d'un ton pressant.

< Je les entends aussi, fit Rachel, j'ai des oreilles grandes comme des armoires à glace. Tu crois vraiment que je ne les entends pas ? Je démorphose aussi vite que je peux. >

< J'espère juste que ce sont de vrais policiers. Pas des Contrôleurs. >

Nous avions rejoint un petit bois derrière le garage de Dan, plus exactement un bouquet d'arbres rabougris coincés entre les voitures à vendre et un supermarché.

Perché sur une branche basse, je regardais Rachel retrouver sa forme humaine.

Si vous n'avez jamais vu quelqu'un morphoser,

vous ne pouvez pas imaginer à quel point c'est bizarre.

Au départ, Rachel était un éléphant d'Afrique adulte. Trois mètres de haut, presque deux fois autant de la tête à la queue. Elle pesait au moins deux mille cinq cents kilos. Je dis « au moins » parce que nous n'avons jamais essayé de la mettre sur une balance de salle de bains.

Elle avait deux défenses recourbées, chacune de la taille d'un enfant. Et une trompe qui traînait par terre quand elle marchait, avec laquelle elle pouvait attraper un grand Hork-Bajir en colère et l'envoyer valser six mètres plus loin.

Je l'avais vue faire.

< Tobias, tu aurais au moins pu attendre qu'il ait fini de tourner cette publicité. Des milliers de gens ont vu ça à la télé, des milliers ! >

< La plupart des gens se diront que c'était un trucage. >

< La plupart des gens peut-être. Mais pas les Contrôleurs. N'importe quel Contrôleur qui voit ça devine tout de suite qu'il ne s'agit pas de simples animaux. >

Contrôleur. Un mot que vous devez connaître. Un Contrôleur, c'est quelqu'un – n'importe qui – qui a un Yirk dans la tête. Les Yirks sont des parasites extraterrestres. De sales petites limaces maléfiques qui vivent dans le cerveau d'autres espèces et les asservissent. Tous les Hork-Bajirs sont des Contrôleurs. Les Taxxons aussi. Et de plus en plus d'humains ; des humains contrôleurs.

Sous mes yeux, Rachel se mit à rétrécir. Sa queue mince et raide remonta, avalée comme un spaghetti. Sa trompe rapetissa.

Des cheveux blonds apparurent sur son grand front gris. Ses yeux se promenèrent à travers son visage, vers le milieu. Les immenses oreilles parcheminées devinrent roses, petites et parfaitement dessinées.

< Les autres ne vont pas être contents, hein ? >

< Oh oui. Je crois bien. >

< C'était mon idée, j'en prends la responsabilité. >

< Oh tais-toi, Tobias. Arrête de jouer au martyr. En plus, c'était vachement marrant d'écraser ces voitures ! >

Elle était assez petite, maintenant, pour pouvoir se dresser sur ses pattes arrière. Quand elle le fit, ses membres avant redevinrent lisses et humains. Ses pattes arrière perdirent leur lourdeur et laissèrent place à ses longues jambes fines.

Sa tenue d'animorphe, un justaucorps de danse noir et moulant, apparut.

Les défenses se rétractèrent avec un chuintement et se transformèrent en une rangée de dents étincelantes.

C'était une fille très jolie, belle, même, sauf qu'elle avait encore un nez gris et long de cinquante centimètres.

Enfin, la trompe s'enroula sur elle-même pour devenir un nez normal.

Rachel était de nouveau une fille. Pieds nus parce que personne n'avait encore trouvé le moyen de morphoser en chaussures. Sa bouche était redevenue normale. Elle parlait maintenant avec sa voix, et non plus dans ma tête. La parole mentale est réservée aux périodes d'animorphe.

– Ok, je suis de retour, sauvons-nous !

Les sirènes se rapprochaient de plus en plus.

< Va au supermarché. Je vais monter jeter un coup d'œil d'en haut. >

– J'espère qu'ils vendent des tongs, grommela Rachel. Cette histoire de chaussures est pénible.

L'éléphant avait disparu ; la fille était de retour.

Vous voyez ? Je vous avais dit que ce serait difficile à croire.

Tout a commencé dans le chantier de construction abandonné, lorsque nous avons vu atterrir le vaisseau spatial d'un prince andalite. C'était le dernier des Andalites dans notre système solaire. Lui et les siens avaient livré une grande bataille pour repousser le vaisseau ravitailleur des Yirks.

Ils s'étaient battus et ils avaient perdu.

Et maintenant, les Yirks sont parmi nous. Et ils essaient d'asservir la race humaine.

Avant d'être exécuté par le chef des Yirks, une horrible créature nommée Vysserk Trois, l'Andalite nous a fait un don formidable – un don qui peut aussi être une malédiction.

Le don est le pouvoir de morphoser. D'acquérir l'ADN de n'importe quel animal vivant et de devenir cet animal. Jusqu'alors, jamais personne, en dehors des Andalites, n'avait reçu le pouvoir de morphoser.

Cela signifie une vie de secrets. Et de terribles dangers. Les Yirks nous prennent pour une petite bande de survivants andalites. Ils savent que des créatures ayant le pouvoir de morphoser ont attaqué leur bassin yirk. Ils savent que certaines se sont même infiltrées dans la maison d'un de leurs principaux Contrôleurs, Chapman.

Mais ils ignorent que nous ne sommes que cinq adolescents humains ordinaires, qui rentraient chez eux tranquillement un soir.

Vysserk Trois nous veut, morts ou vifs, et il a l'habitude d'obtenir ce qu'il veut.

Pourtant, j'étais content de combattre les Yirks. Peut-être est-ce simplement que j'avais moins à perdre que les autres. Ou peut-être quelque chose, chez ce prince andalite solitaire, vaincu mais courageux, m'avait-il touché si profondément que je ne regretterai jamais de me battre.

Il y a cependant un prix à payer. Car le pouvoir de l'animorphe a ses limites. Il ne faut jamais rester dans une animorphe plus de deux heures. Si vous dépassez le temps, vous restez prisonnier.

Pour toujours.

C'est ça, la malédiction.

C'est pour ça que je n'ai pas repris ma forme humaine, comme l'a fait Rachel.

Elle allait mettre un moment à rentrer chez elle en bus. Je me déplaçais plus rapidement ; j'avais donc un peu de temps devant moi.

Le soleil se couchait et, en pensée, je revoyais la queue rousse libérée qui volait vers le soleil.

J'espérais qu'elle avait trouvé un joli coin de forêt où passer la nuit. C'est ce qu'aiment les faucons à queue rousse : une bonne branche d'arbre avec une vue dégagée sur une clairière pleine de petites souris, de rats, de musaraignes et de campagnols qui trottinent sous leurs yeux. C'est comme ça que nous… qu'ils… chassent.

Je me dirigeai vers les grands bâtiments du centre-ville, et je profitai d'un superbe thermique qui ondulait le long d'un gratte-ciel. Un thermique, c'est comme une grosse bulle d'air chaud. Il vous prend sous les ailes et vous permet de vous élever très haut dans le ciel sans aucun effort.

J'attrapai le thermique et montai en flèche le long

du bâtiment, comme si je prenais l'ascenseur. Beaucoup de bureaux étaient vides car on était samedi. Mais vers le soixantième étage, j'aperçus un vieil homme qui regardait par la fenêtre. Peut-être était-ce un homme d'affaires important, je ne sais pas.

En tout cas, quand il me vit, il sourit. Il me regarda passer et disparaître. Et je savais qu'il m'enviais.

J'avais atteint huit cents mètres d'altitude quand je finis par tourner le dos au soleil et à prendre la direction de chez Rachel.

Le soleil se couchait. La lune apparaissait dans le ciel.

C'est alors que j'ai senti... comment décrire cela ? Quelque chose dans l'air, au-dessus de moi. Immense. Énorme ! Bien plus grand que n'importe quel avion. Je levai les yeux, mais il n'y avait rien.

Pourtant, je le sentais dans mon cœur. Je savais que c'était là-haut. Et que ça s'approchait, mais à peut-être un kilomètre et demi d'altitude au-dessus de moi.

Je concentrai tout le pouvoir de mes yeux de faucon sur le ciel. Une onde !

Voilà ce que c'était, une onde. Comme lorsqu'on lance un caillou dans l'eau calme d'un étang. Les étoiles pâles du crépuscule vacillèrent à son passage ; la lumière du soleil s'infléchit. Et pendant une fraction de seconde, j'eus la certitude de voir... quelque chose.

Non, pourtant. Non. C'était parti. Si jamais il y avait eu quelque chose.

J'essayai de suivre la trace dans le ciel, mais elle se déplaçait trop vite. Je tentai de voir quelle direction elle prenait, et d'où elle était venue. Elle semblait s'éloigner des montagnes et prendre de la vitesse. Mais je la perdis au-dessus des banlieues, quand la chose accéléra et disparut.

Alors, j'ai volé en direction de la maison de Rachel. Je l'ai regardée descendre du bus, très loin en dessous de moi. Les autres, Jake, Marco et Cassie, étaient tous dans sa chambre et nous attendaient. Ça ne m'étonnait pas.

< Hé, Rachel >, dis-je en planant au-dessus d'elle.

Elle ne put me répondre que par un signe de la main. On peut entendre des paroles mentales quand on n'est pas morphosé, mais pas en émettre.

< Je te parie que les premiers mots de Marco seront « Vous êtes complètement ouf, ou quoi ? ».>

Rachel m'adressa un petit clin d'œil. Puis elle entra chez elle. Je m'engouffrai par une fenêtre ouverte. Nous étions tous réunis, tous les cinq, nous les Animorphs.

Les trois autres avaient dû regarder la télévision et ils n'étaient pas contents du tout.

C'est Marco qui commença :

– Vous êtes complètement ouf, ou quoi ?

CHAPITRE 3

Marco a hurlé pendant un bon moment. Jake nous a fait promettre de ne plus jamais rien faire d'aussi stupide. Et Cassie, égale à elle-même, a réconcilié tout le monde.

– Nous ne sommes pas censés sauver les animaux, dit Marco. Nous sommes censés sauver la race humaine toute entière de la domination des Yirks.

< Je croyais que tu ne voulais pas sauver le monde, Marco >, lui fis-je remarquer.

Il me jeta un regard mauvais. Ce qui ne sert à rien car à côté de mes yeux de faucon, tous les regards semblent gentils.

– Exact, répondit Marco, mais vu que vous autres, vous vous croyez obligés de sauver le monde, et vu que vous êtes tous mes amis, plus ou moins, j'imagine qu'il faut bien que quelqu'un vous empêche de vous comporter en débiles mentaux.

Marco est le moins enthousiaste des Animorphs. Mais c'est lui, en fait, qui a trouvé le mot Animorphs. Et il est avec nous dans cette aventure depuis le départ. Marco pense juste que nous devrions nous protéger nous et nos familles seulement.

Marco et moi ne serons sans doute jamais très proches. Lui, c'est le parfait je-sais-tout. Toujours sûr de lui, toujours un truc drôle ou sarcastique à dire. Il est petit, en tous cas pas très grand. Je crois que les filles le trouvent mignon à cause de ses longs cheveux bruns et de ses yeux noirs.

Jake sourit à Marco.

– Alors c'est toi qui dois tous nous sauver de notre débilité ?

– Eh ben, si c'est Marco le raisonnable de la bande, ajouta Rachel, on est mal partis.

Tout le monde rit.

Marco fit une grimace et attrapa un des oreillers de Rachel pour l'envoyer sur Jake.

Marco et Jake sont diamétralement opposés,

bien qu'ils soient copains depuis toujours. Jake est costaud. Pas costaud comme un joueur de football américain, mais solide. Il fait partie de ces gens qui sont des meneurs-nés. Si jamais vous vous trouviez coincé dans un immeuble en flammes, c'est vers Jake que vous vous tourneriez, et vous lui demanderiez : « Qu'est-ce qu'on fait ? ». Et il aurait une réponse, en plus.

Ça se sent que lui et Rachel sont cousins ; ce sont tous les deux des gens plutôt déterminés.

– Il faut que j'y aille, annonça Cassie. J'ai des chevaux à nourrir et des cages à oiseaux à nettoyer.

– Ne prononce jamais le mot cage devant Tobias, dit Marco. Il serait fichu d'attaquer le Centre façon brigade d'intervention-commando-ninja-spécial-guérilla-faucon de l'enfer. Et il convaincrait Rachel d'écraser ta maison.

Tout le monde a rigolé parce que nous savions tous à quoi servaient les cages à oiseaux de Cassie. Ses parents sont tous les deux vétérinaires. Sa mère travaille au Parc, l'immense centre de loisirs qui comprend aussi un zoo. Son père dirige le Centre de sauvegarde de la vie sauvage qui est installé dans la grange de leur ferme familiale. Le Centre recueille les animaux sauvages malades ou blessés et les soigne. Les cages que Cassie devait rentrer nettoyer étaient pleines de moineaux aux ailes cassées, d'aigles blessés par balle et de mouettes victimes de la pollution. Grâce à Cassie, nous pouvons approcher plein d'animaux pour morphoser. C'est quelqu'un de doux. Et elle morphose mieux que n'importe lequel d'entre nous.

Tout le monde se leva pour partir.

– Tu viens, Tobias ? me demanda Jake.

< Non, pas tout de suite. Je crois que je vais faire un tour. C'est une belle nuit. >

– D'accord. Je vais te monter quelque chose à manger dans ton grenier, au cas où tu rentrerais tard. Mais je ne veux pas que des bêtes y touchent. Tu peux ouvrir une boîte en plastique ?

Je remarquai la façon dont les autres détournèrent légèrement le regard quand Jake parla du grenier. Ils avaient de la peine pour moi.

< Oui, je peux, répondis-je, mais sois prudent. Tu sais… Tom. >

Tom est le frère aîné de Jake. Tom est l'un d'eux.

Ils se dirent tous bonne nuit. Je vis les mains de Jake et de Cassie s'effleurer d'une façon qu'on aurait presque pu attribuer au hasard. Puis tout le monde partit. Il ne restait plus que Rachel et moi.

– Je n'aime pas penser que tu vis dans un grenier froid, me confia-t-elle.

< Je vais bien >, répondis-je.

Je me demandais s'il fallait que je lui parle de ce que j'avais vu, de l'obscurité au cœur de l'obscurité, des traces dans le ciel. Mais la vérité c'était que je ne savais pas ce que c'était. Cela ne ferait que l'inquiéter, et elle s'inquiétait déjà trop pour moi.

< Bonne nuit >.

– Hum hum. Fais attention à toi, Tobias.

Je m'envolai dans la nuit par la fenêtre de sa chambre. Les yeux tristes de Rachel me suivirent. Je détestais la façon qu'ils avaient tous de me plaindre. Ils voyaient seulement que je n'étais plus ce que j'avais été et que je n'avais pas de maison.

Mais ils ne comprenaient pas véritablement. Je n'avais plus eu de vraie maison depuis que mes parents étaient morts. J'avais l'habitude d'être seul.

Et j'avais le ciel.

CHAPITRE 4

Le lendemain, je décidai de retourner là où j'avais vu – ou cru voir – la grande chose dans le ciel.

J'avais un pressentiment à ce sujet, un mauvais pressentiment.

Je survolai le même secteur, en me laissant porter aussi haut que possible par les thermiques.

Les faucons ne sont pas tout à fait aussi doués pour prendre de l'altitude que les aigles ou certaines buses. (Vous verriez comment une buse carthate se sert des thermiques ! Impressionnant.) En fait, le faucon à queue rousse qui vit en moi serait tout aussi heureux perché sur une branche d'arbre, à attendre patiemment de voir son prochain repas passer en trottinant.

Mais je ne me nourrissais pas comme un faucon. Je mangeais la nourriture que Jake me donnait. Je ne chassais pas. Pourtant, parfois, l'envie de chasser était grande.

J'entendais d'ici le commentaire moqueur que ferait Marco si je mangeais des souris. Ou un animal écrasé.

Quand on est dans une animorphe, il est difficile de résister aux instincts de l'animal. Jake s'en est aperçu le jour où il est devenu lézard : il a avalé une araignée vivante avant d'avoir pris le contrôle de ses instincts de lézard.

Je n'avais rien fait de tel. Pas encore. J'avais peur de ne plus jamais pouvoir m'arrêter, si je le faisais, ne fût-ce qu'une fois.

Je m'élevai très haut au-dessus de la ville, survolant le secteur que j'avais traversé la veille. Rien, pourtant. Rien ne se déplaçait dans les airs au-dessus de moi.

Une pensée me vint alors à l'esprit : quelle que fût cette chose, peut-être ne se manifestait-elle qu'à certains moments de la journée. Le soleil se couchait presque, quand j'avais senti sa présence.

Je décidai de revenir au crépuscule. Ce qui signifiait que j'avais toute la journée devant moi, sans rien de spécial à faire. Cela ne me réjouissait guère. Parce que, voyez-vous, en fait, un faucon passe presque tout son temps à chasser.

Quant à moi, Tobias, avant, lorsque je n'étais pas au collège, je passais la plupart de mon temps à regarder la télé, à traîner dans le centre-ville, à faire mes devoirs, à lire... autant de choses qu'il m'était difficile de faire, à présent.

L'école me manquait. Même si j'avais l'habitude de me faire chahuter par les brutes du collège. Mais ma maison ne me manquait pas vraiment. Quand mes parents sont morts, personne n'a vraiment voulu de moi. Je me suis retrouvé trimballé entre un oncle qui habite ici et une tante qui vit à l'autre bout du pays.

Aucun des deux ne m'aimait réellement. Je ne crois même pas que je leur manque. Je m'étais arrangé avec Jake pour qu'il laisse un message à mon oncle. Nous lui avons dit que j'étais parti chez ma tante. Mon oncle et ma tante croient chacun que je suis chez l'autre.

Je ne savais pas combien de temps le mensonge tiendrait, avant que l'un d'eux ne se rende compte que je n'étais ni chez l'un ni chez l'autre.

J'imagine que lorsqu'ils s'en apercevront, ils préviendront la police en expliquant que j'ai fugué. A moins qu'ils ne se donnent même pas cette peine.

Bon. Alors, qu'allais-je faire de ma journée ? Depuis déjà deux ou trois heures je planais en altitude, juste en dessous des nuages. Et je ne repérai rien d'anormal.

Tant pis, je reviendrai plus tard.

J'inclinai mes ailes et ajustai l'angle de ma queue pour prendre la direction de chez Rachel. Peut-être qu'elle était à la maison, en train de s'ennuyer.

C'est alors que ça arriva.

A un kilomètre et demi ou plus au-dessus de moi, l'onde traversa l'air. Un vide, un trou là où il était impossible qu'il y en eût un.

Ma réaction fut immédiate. Il fallait que je m'en rapproche. Je battis des ailes jusqu'à en avoir mal à la poitrine et aux épaules, mais elle se déplaçait trop vite, et elle était trop haut dans le ciel.

Elle s'éloignait de moi, vague d'air, ondulation

dans la matière du ciel. Elle se déplaçait dans une direction différente, cependant. Elle se dirigeait vers les montagnes.

Alors je vis un vol d'oies en V serré. Elles étaient peut-être une douzaine de grandes oies qui avançaient à une vitesse sidérante, fendant l'air droit devant elles comme elles le font toujours. Les oies ont toujours l'air en mission. Du genre : « Poussez-vous, nous sommes des oies et nous passons. »

Soudain, l'oie de tête s'écroula comme si elle avait été renversée par un camion. Ses ailes s'effondrèrent. Elle ne tomba pas, pourtant.

L'oie blessée glissait dans l'air. Elle glissait à l'horizontale, roulant et rebondissant, comme jetée sur le toit d'un train lancé à vive allure.

Il arriva la même chose à presque toutes les oies. Une ou deux s'enfuirent à temps, mais les oies ne sont pas vraiment agiles.

La vague invisible avait heurté le groupe de plein fouet. Les oies glissaient et roulaient sur une surface invisible mais dure. Et à chaque fois que les oies rebondissaient, j'apercevais un éclat de métal gris acier.

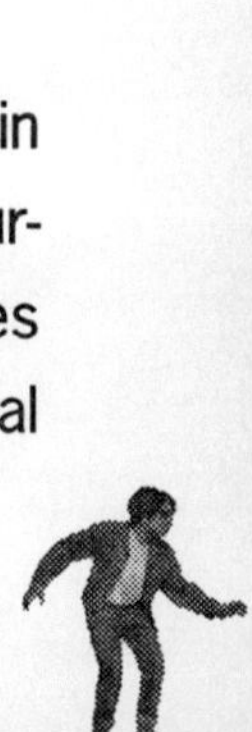

La vague passa. Les oies tombèrent dans le vide, mortes ou estropiées.

L'onde continua son chemin, indifférente. Pourquoi les Yirks se préoccuperaient-ils d'un vol d'oies sauvages ?

Car c'étaient des Yirks, j'en avais la certitude. Et ce que j'avais vu, ou à peine entrevu, était un vaisseau yirk.

CHAPITRE 5

– Ça se tient, dit Marco, pensif. Les Yirks doivent forcément avoir un dispositif de camouflage quelconque. Comme la technologie antiradar, mais en beaucoup plus perfectionné.

Nous étions dans la grange de Cassie. Son père était sorti pour l'après-midi. Et c'est un des rares endroits où je peux aller sans que ma présence ne paraisse étrange.

C'est une vraie grange, mais avec des rangées de cages et des néons. Il y a des cloisons entre les oiseaux et les chevaux, et d'autres séparant les ratons laveurs, les opossums, et parfois, un coyote, des chevaux qui sont des animaux craintifs. D'habitude, le sol est jonché de tuyaux, de seaux et de foin éparpillé. Il y a des fiches sur chaque cage,

pour indiquer l'état de santé de l'animal et le traitement qu'il reçoit.

C'est en général un endroit assez bruyant, entre les différents oiseaux qui gazouillent, les chevaux qui renâclent et les ratons laveurs qui jouent avec leur nourriture.

Je lançai un coup d'œil un peu inquiet à un couple de loups. L'un d'eux avait reçu une balle. L'autre avait mangé du poison qu'un fermier avait laissé dehors. Les loups étaient nouveaux dans la région. Des spécialistes de la faune en avaient réintroduit quelques-uns dans la forêt voisine.

Les loups mettent les faucons mal à l'aise.

– Jusqu'à présent, les vaisseaux yirks étaient toujours visibles, observa Rachel. Nous avons vu les cafards et le vaisseau Amiral.

Elle était adossée à une cage qui abritait une tourterelle zénaïde. L'oiseau me surveillait d'un œil méfiant.

– Ouais, mais tous les vaisseaux yirks auxquels nous avons eu affaire étaient soit au sol, soit sur le point d'atterrir, remarqua Jake. Peut-être que le dispositif de camouflage ne marche pas près du sol.

Mais si on y pense, Marco a raison. Ils doivent forcément pouvoir éviter de se faire repérer par les radars. Peut-être qu'ils ont aussi la capacité d'empêcher qu'on les voie.

< C'était un vaisseau yirk >, dis-je d'un ton catégorique.

– Comment peux-tu en être aussi sûr ? demanda Cassie, qui travaillait pendant que nous discutions.

Elle nettoyait une cage vide avec une brosse et de l'eau savonneuse.

< C'en était un, c'est tout, insistai-je. Je... J'en ai eu le sentiment. Et puis il avait l'air immense. Beaucoup plus grand que le plus grand des avions. Vraiment énorme. Plutôt comme un vrai vaisseau, vous savez, comme un paquebot. >

– La question, est qu'est-ce qu'on fait ? demanda Jake.

Je savais bien sûr qu'il avait déjà décidé de faire quelque chose. Mais Jake n'aime pas se comporter en chef, même si c'est un peu ce qu'il est. Il laisse tout le monde donner son avis d'abord.

< Je veux découvrir ce qu'il fait, dis-je. La première fois, j'ai eu l'impression qu'il s'éloignait des

montagnes. La seconde fois, il faisait juste le contraire, mais il était trop bas pour les survoler. Donc j'imagine qu'il faisait quelque chose dans les montagnes. >

– Ça paraît logique, acquiesça Rachel.

– Les montagnes ? s'exclama Marco en roulant des yeux. Eh ! Est-ce que vous y êtes déjà allés ? Vous vous rendez compte comme c'est grand. Quelque soit la taille de ce vaisseau, il y a mille endroits où il pourrait se cacher.

– Alors autant se mettre à chercher tout de suite, proposa gaiement Rachel.

Jake regarda Cassie.

– Cassie ? Qu'est-ce que tu en penses ?

Elle haussa les épaules :

– Je me demande si on n'en a pas déjà fait assez, vous savez ? On a attaqué le bassin des Yirks, et on s'en est sortis vivants de justesse. On s'est infiltrés dans la maison de Chapman et Rachel s'est fait capturer. Là aussi, on s'en est sortis vivants de justesse. Je crois que la question c'est quels risques allons-nous encore prendre ? Combien de fois encore allons-nous nous en tirer de justesse ?

Je vis que Marco était surpris. On aurait cru tout à coup que Cassie était de son côté.

– Exactement ! Exactement ! s'écria-t-il. C'est ce que je m'évertue à vous dire. Pourquoi est-ce qu'on aurait pour mission de se faire tuer ?

Mais Cassie brisa son enthousiasme en continuant :

– Enfin, en ce qui me concerne, je ne peux pas rester sans rien faire pendant que les Yirks réduisent des gens en esclavage. Mais c'est un sentiment personnel...

Elle haussa les épaules.

– Le truc, c'est que j'ai ces pouvoirs.

Second haussement d'épaules.

– Je ne peux pas rester sans rien faire.

– Écoute, on ne les connaît pas, ces gens, reprit Marco. Ce ne sont pas mes amis ; ce n'est pas ma famille.

Il lança un regard à Jake.

– Et on a fait tout ce qu'on a pu pour Tom. Alors pourquoi irais-je me faire tuer pour des inconnus ? Nous ne pourrons pas avoir de la chance éternellement. Vous ne comprenez pas ça ? Tôt ou tard,

nous allons nous planter. Tôt ou tard, on va se retrouver ici à pleurer parce que Jake ou Rachel ou Cassie ou Tobias ne sera plus là.

– Tu sais quoi ? explosa Rachel. J'en ai marre d'essayer de te convaincre, Marco. Tu veux arrêter ? Parfait, on ne te retient pas !

– Hé Rachel, hurla Marco. Tu ne fais pas ça juste pour sauver l'espèce humaine ! Le danger, ça te plaît ! C'est pour ça que tu es allée libérer cet oiseau avec Tobias. Il ne s'agissait pas de sauver le monde, il s'agissait de sauver un oiseau stupide !

Marco se rendit compte qu'il était allé trop loin. Il se tut. Tous les autres me regardèrent d'un air coupable. Rachel fusilla Marco du regard.

< Jusqu'à présent, dis-je, jusqu'à aujourd'hui, il n'y en a qu'un seul d'entre nous qui s'en est mal sorti. Moi. Je ne suis le chef de personne. Mais ce que je vais faire, c'est que je vais aller dans les montagnes demain matin. Ce que vous faites, vous, c'est votre affaire. >

– J'irai avec toi, répondit aussitôt Rachel.

Cassie hocha la tête.

Jake eut un sourire ironique.

– Tu dis que t'es pas un chef, mais j'irai quand même avec toi.

Marco secoua la tête :

– Non, fit-il.

– C'est ton droit, observa Rachel.

– Ce n'est pas ce que je voulais dire, rétorqua-t-il avec colère. Je n'irai pas le matin. Demain, il y a école. Si nous manquons tous l'école le même jour et qu'en même temps, il y ait de la bagarre avec les Yirks, tu ne crois pas que Chapman saura faire le rapprochement ?

Jake leva un sourcil.

– Marco a raison. Après l'école.

Il regarda les autres et hocha la tête.

Cela m'ennuyait que Marco ait raison, mais c'était le cas. Marco peut être casse-pieds, mais il est très intelligent.

Cela m'inquiétait un peu : avait-il raison pour le reste également ? Quels risques pourrions-nous encore courir avant de perdre ? Combien de temps avant qu'il ne reste que quatre d'entre nous cinq ? Ou deux ?

Ou aucun ?

CHAPITRE
6

Jake possédait une animorphe de faucon pèlerin que nous avions déjà utilisée. Marco et Cassie avaient morphosé en aigles pêcheurs. Rachel avait été un aigle à tête blanche. En principe nous aurions tous pu voler jusqu'aux montagnes.

Mais il y a beaucoup d'ornithologues amateurs dans ce pays. Ce sont des gens très sympas parce qu'ils ne font jamais de mal aux oiseaux. Ils ne chassent pas ; ils prennent juste plaisir à regarder les oiseaux voler ou faire leur nid.

Mais un ornithologue amateur trouverait très, très bizarre de voir un faucon à queue rousse, un aigle à tête blanche, un pèlerin et deux aigles pêcheurs voler ensemble comme s'ils étaient en mission.

Et parmi ces gentils ornithologues amateurs, il pourrait s'en trouver de beaucoup moins gentils – des Contrôleurs.

– Ornithologues amateurs ! grogna Marco, qui piétinait le tapis d'aiguilles de pin en s'enfonçant dans les bois. Nous pourrions voler, mais non ! Nous devons marcher. Et trente kilomètres, sans doute !

La ferme de Cassie comprend de nombreuses prairies non clôturées, et se trouve en lisière d'une forêt qui s'étend à l'infini. Elle commence à la sortie de la ville et continue jusque dans les montagnes. Pins, chênes, ormes, bouleaux... C'est vraiment la nature sauvage. Sur des milliers d'hectares.

– Allez, Marco, lui lança gentiment Cassie, c'est aussi l'occasion d'essayer une nouvelle animorphe !

– Ouais, renchérit Jake, au lieu d'être chez toi à faire tes maths, tu vas te transformer en loup. Tu vas peut-être me dire que tu préférerais être en train de faire des équations ?

– Réfléchissons, fit Marco. Des maths ? Ou me transformer en loup et partir à la recherche d'extraterrestres ? Je devrais demander l'avis de la conseillère pédagogique. C'est un problème telle-

ment courant ; elle serait sûrement de bon conseil.

Comme ce n'était pas une bonne idée que nous gagnions tous les montagnes en oiseaux, les autres avaient besoin d'une animorphe qui puisse se déplacer vite et loin dans les bois. Et il y avait les deux loups blessés de la grange de Cassie...

Jake s'arrêta, regarda autour de lui et annonça :

– Ici, c'est bien.

Nous nous étions enfoncés de quelques centaines de mètres dans la forêt. Je me posai sur une branche basse, dans un grand chêne. Le faucon en moi nota la présence d'un écureuil, quelques mètres plus haut. Lequel se mit à lancer son petit cri d'avertissement : Danger ! Danger ! Faucon ! Faucon !

Je le regardai. Il gigota, fourra dans sa joue le gland qu'il tenait entre ses pattes avant, et partit à toute vitesse.

– Ce que je ne comprends pas, c'est pourquoi je vais me retrouver en louve, grommela Marco.

– On avait un mâle et une femelle, répéta Cassie pour la dixième fois. Si deux d'entre nous morphosaient en mâle, nous aurions deux mâles qui risqueraient de vouloir se battre pour être le chef.

– Je pourrais maîtriser l'animal, répondit Marco.

– Marco, Jake et toi, vous vous battez déjà pour être le chef, et vous êtes des garçons normaux, fit remarquer Rachel.

– Elle a raison, ajouta tristement Cassie. J'ai peur que votre comportement de mâles primitifs ne risque de nous causer des problèmes.

– Hé, quand j'ai morphosé en gorille, je me suis bien débrouillé avec ce cerveau de gorille, que je sache ?

– Bien sûr, Marco, répondit Rachel en battant des paupières, mais c'était différent. Toi et ce gorille, vous aviez déjà tellement en commun.

Discrètement, Cassie et Rachel se tapèrent dans la main.

– Très drôle, fit Marco.

– On a tiré à pile ou face, tu étais d'accord, reprit Jake. J'ai eu le mâle, et toi la femelle. Remets-toi.

– Remontre-moi cette pièce, demanda Marco, l'air soupçonneux.

Jake se contenta de sourire.

– Bon, on y va. Cassie, tu veux le faire la première, pour voir comment c'est ?

Nous savions, pour avoir vécu des expériences difficiles, que morphoser peut être extrêmement perturbant. Jake s'était morphosé en lézard, et l'esprit craintif de cet animal avait failli l'emporter sur le sien. Le même phénomène s'était produit pour Rachel, quand elle avait morphosé en musaraigne. Encore maintenant, elle en faisait des cauchemars. L'expérience de la peur de la musaraigne et, pire encore, sa faim d'insectes et de chair en décomposition l'avaient traumatisée. En revanche, Jake avait morphosé en mouche et, d'après lui, c'était comme un grand néant. Comme se retrouver enfermé dans un jeu vidéo très vieux et très nul, où on ne peut pratiquement rien voir. Le cerveau de la mouche était trop simple pour poser problème.

– D'accord, je vous dirai.

Cassie ferma les yeux et se concentra. Puis elle les rouvrit.

– Attendez, je vais me mettre en tenue d'animorphe d'abord, je n'ai pas envie de m'empêtrer dans mes vêtements.

Elle enleva tout sauf son justaucorps de danse, retira ses chaussures et se retrouva pieds nus sur les aiguilles de pin. Le premier changement affecta ses cheveux. De très courts et noirs, ils s'étendirent en quelques secondes argentés et touffus. Ils se propagèrent de l'arrière de sa tête à sa nuque, ses épaules, puis son cou. Une fourrure longue et hirsute. Ensuite, son nez pointa. Cela me fit frémir. On ne s'habitue jamais vraiment à voir les gens morphoser. C'est quelque chose qui sort tout droit d'un cauchemar. Pourtant, Cassie semble avoir un certain talent pour ça ; elle n'est jamais aussi choquante à voir que les autres. Je crois que c'est parce qu'elle côtoie tant d'animaux. Peut-être a-t-elle simplement le sens des animaux. Il n'empêche que, lorsque le museau de loup se mit à sortir de son visage, ce ne fut pas agréable à voir.

Ses oreilles se couvrirent de fourrure et devinrent pointues. Puis elles se dressèrent de chaque côté de sa tête et finirent presque par se toucher en haut.

Ses pupilles marron foncé virèrent au marron doré.

Sur tout son corps, la fourrure remplaça le rose et le vert vifs de sa combinaison. Une queue jaillit

par-derrière. J'entendis le grincement de ses os qui se réorganisaient. Ses bras raccourcirent. Les doigts se recroquevillèrent et disparurent, laissant place à des ongles noirs et courts.

Avec un craquement à vous soulever le cœur, ses genoux s'inversèrent. Ses jambes rétrécirent en taille et en épaisseur et se couvrirent de fourrure.

Brusquement, elle bascula en avant, incapable de se tenir debout plus longtemps.

Le tout avait pris environ deux minutes.

Cassie était maintenant un loup.

– Quel effet ça fait ? lui demanda Jake.

Cassie sursauta au son de sa voix et fit rapidement demi-tour. Elle montra les dents et poussa un grondement qui aurait fait reculer un Taxxon.

Elle avait des dents très impressionnantes.

– Restons tous immobiles, conseilla Jake.

– Bonne idée, approuva Marco. Vraiment vraiment immobiles, parce que ce sont des dents vraiment vraiment grandes.

Plus personne ne bougea. Ils avaient tous connu des expériences similaires. Nous savions ce qui était en train de se passer. Cassie luttait pour prendre le contrôle des instincts sauvages du loup.

< Désolée, nous dit-elle enfin mentalement. C'est bon, maintenant. >

– Tu en es sûre ? demanda prudemment Rachel.

< Oui, ça va. Je vais bien. En fait… c'est plutôt super ! Cette ouïe, waouh ! Et mon nez, oh ! c'est incroyable. Je n'ai jamais morphosé en un animal qui ait un odorat aussi puissant ! >

– Ah ben alors je suis bien content d'avoir mis du déodorant, plaisanta Marco.

< Qui a mangé du bacon au petit déjeuner ? >

Cassie se mit à tourner sa tête de loup dans tous les sens.

< Rachel ? Du bacon ? Je croyais que tu voulais devenir végétarienne ? >

Marco éclata de rire en voyant l'air coupable de Rachel :

– Ah ! ah ! Démasquée par Cassie Super-Pif !

– Dépêchons-nous, fit Jake. Le compte à rebours est en marche.

L'un après l'autre, ils me lancèrent un coup d'œil. Je suis un rappel permanent de ce qui arrive quand on reste trop longtemps dans une animorphe.

CHAPITRE 7

J'étais jaloux.

D'accord, quitte à rester coincé dans une animorphe, je crois qu'être un faucon est ce qu'il y a de mieux. Mais quand même, j'étais jaloux. Mes amis prenaient vraiment plaisir à être des loups. Je crois que c'était une expérience étrange pour eux.

Je survolais la forêt en rasant la cime des arbres, tandis qu'eux couraient comme des fous. Ils se déplaçaient à une telle allure que j'avais parfois du mal à tenir la cadence. Non pas que leur vitesse fût si grande. Seulement ils ne s'arrêtaient jamais pour se reposer. Ils avançaient à une vitesse constante d'environ trente kilomètres à l'heure. Par dessus les branches gisant au sol, entre les arbres, sous les fourrés. Rien ne pouvait ralentir leur allure.

En fait, ce n'est pas tout à fait exact. Deux choses les ralentissaient un peu.

L'une d'elles était Jake. C'était le mâle dominant. Ce qu'on appelle un alpha dans une meute de loups. Et à ce titre, il avait une tâche spéciale à accomplir.

< Jake, combien de fois encore comptes-tu faire pipi, au juste ? > lui demanda Rachel après son cinquième arrêt.

< Je... je ne sais pas. J'ai comme un besoin de le faire souvent >, reconnut-il.

< Pourquoi ? Est-ce que tu as trop bu avant de partir ? >

< Je ne sais pas, j'ai juste tout le temps envie de faire pipi. >

< Tu laisses ta trace, expliqua Cassie. Tu marques ton territoire. >

< Ah bon ? >

< Oui. C'est normal, pour un loup dominant. En tout cas c'est ce que dit mon livre sur les loups. Même si c'est un peu répugnant à regarder, pour nous. >

L'autre chose qui les ralentit, ce fut quand ils s'arrêtèrent pour hurler. Jake fut le premier à s'y

mettre. Cela prit tout le monde par surprise, y compris Jake lui-même.

– AOUHHHHHHHH... AOUHHH ! AOUHHH !

< Qu'est-ce que... >, commença Marco, avant de se faire prendre lui aussi.

– AOUHHHHHHHH... AOUHHH !

Cassie et Rachel ne tardèrent pas non plus :

– AOUHHHHHHHH... AOUHHH ! AOUHHH !

Quand je les entendis hurler, je fis un virage rapide autour d'un arbre pour aller les rejoindre.

< Mais qu'est-ce que vous faites ? demandai-je. On est pressés ! Vous ne pouvez rester que deux heures dans une animorphe. Pourquoi perdez-vous votre temps à hurler ? >

< Je ne sais pas, admit Jake d'un air penaud. J'ai eu tout à coup l'impression que c'était ce que je devais faire. >

< Une fois qu'il a commencé, j'ai eu l'impression qu'il fallait que je fasse comme lui >, ajouta Rachel.

< Je crois que c'est une façon de prévenir tous les autres loups que nous sommes ici, pour ne pas rencontrer d'autres meutes et éviter de se battre avec eux >, suggéra Cassie.

Ce qui semblait très raisonnable. Jusqu'au moment où on vit Cassie, la tête renversée en arrière, le museau pointé vers le ciel, et qui hurlait elle aussi.

Je battis des ailes et sortis du couvert des arbres. La ville et les banlieues étaient loin derrière moi, maintenant. Nous avions fait pas mal de chemin en une heure de temps. Il était à peu près la même heure que lorsque j'avais vu le vaisseau pour la deuxième fois, quand il se dirigeait vers les montagnes.

Je m'enfonçai à nouveau sous les arbres.

< Continuez d'avancer, les gars. Je vais prendre de l'altitude pour jeter un coup d'œil. >

< Sois prudent >, dit Rachel.

Je contournai un arbre, puis agitai mes ailes pour remonter vers le soleil. Je me mis rapidement à m'élever, en dépensant beaucoup d'énergie. L'effort m'aidait à me changer les idées. Il est difficile de s'apitoyer sur son sort en plein exercice physique.

Au bout d'un moment, je pus profiter d'un bon thermique et prendre un peu d'altitude sans peine.

Je voyais toujours la petite meute de loups, en bas, qui s'avançait comme animée par un seul esprit, ondoyant entre les arbres avec assurance et rapidité.

J'essayai d'imaginer quel effet cela faisait d'être un loup. D'avoir cet odorat stupéfiant. Cette ouïe incroyable. Toute cette puissance sûre d'elle-même, ces crocs terribles, cette froide intelligence.

Je pourrais peut-être le demander plus tard à Jake et à Rachel.

« Et puis tu pourrais leur demander quel effet ça fait d'être humain. Peut-être qu'ils pourraient me parler de ça, aussi, me dis-je avec amertume. Arrête, Tobias. Arrête ça. »

Je crois que j'avais l'impression que si je me laissais aller à m'apitoyer sur mon sort, je n'arriverais plus jamais à m'arrêter.

Je surveillais d'un œil vigilant le ciel au-dessus de moi, mais il était sans doute encore trop tôt pour y voir passer le vaisseau. A condition qu'il passe. Il n'y avait également aucune raison de penser qu'il suivait un horaire établi.

C'est alors que j'aperçus, tout en bas, quelque

chose qui retint mon attention. Un convoi de camions et de Jeep avançait le long d'un chemin de terre étroit et sinueux. Il y avait peut-être cinq véhicules. Tous portant le symbole des services forestiers. Mais ils avaient l'air drôlement pressés.

Ils se dirigeaient vers un lac que je venais d'apercevoir plus haut. Arrivés en bordure du lac, ils quittèrent la route. Alors, à ma grande surprise, plusieurs dizaines d'hommes en uniforme sautèrent des camions et se déployèrent dans la forêt.

Ils étaient armés. Mais il ne s'agissait pas de fusils, ni même de pistolets. Ils portaient des armes automatiques.

Tout à coup, un mouvement dans le ciel ! Mais qu'est-ce qui...

A ma gauche, je repérai deux hélicoptères qui filaient presque au ras des cimes. Ils se mirent à décrire des cercles au-dessus du lac. Eux aussi portaient l'insigne des services forestiers.

« Tout ça est étrange, me dis-je. Ces gars n'ont pas un comportement de gardes forestiers. Et ils ne bougent pas comme des gardes forestiers, ils se déplacent comme une armée. »

Alors, sous mes yeux, une demi-douzaine de ces hommes armés encerclèrent une petite tache jaune. C'était une tente.

Deux personnes, qui avaient l'air d'étudiants, cuisinaient sur un petit feu de bois devant la tente.

Je vis leur expression de stupéfaction et de peur quand ils se rendirent brusquement compte qu'ils étaient entourés par six hommes portant des mitraillettes.

Les deux campeurs furent emmenés au camion le plus proche et évacués rapidement.

Je ne sais pas quelle histoire les gardes forestiers leur ont racontée. Peut-être leur ont-ils dit qu'il y avait un dangereux fugitif dans le secteur. Ou peut-être un incendie de forêt. Tout ce que je sais, c'est que ces deux campeurs se sont retrouvés loin d'ici sans avoir le temps de comprendre ce qui leur arrivait.

Les deux hélicoptères tournèrent au-dessus du lac. Ensuite ils se posèrent dans une petite clairière, à l'autre bout du lac.

C'était à plus d'un kilomètre et demi. Ce qui faisait loin, même pour mes yeux de faucon, dans la lumière oblique de l'après-midi. Mais je pus quand même voir qui sortait de ces hélicoptères.

Un à un, ils sautèrent des appareils. Taille : deux mètres dix. Des créatures à l'aspect redoutable. Des lames de trente centimètres, effilées comme des rasoirs, jaillissant de leurs têtes de serpent. D'autres lames aux coudes, poignets et genoux. Des pieds façon tyrannosaures.

Les troupes de choc des Yirks.

Des guerriers hork-bajirs.

CHAPITRE 8

< Les Hork-Bajirs ! >

La première fois que je les avais vus, c'était sur le chantier de construction. J'avais alors encore un corps d'humain. Vysserk Trois menaçait l'Andalite venu nous prévenir. Tous les cinq, nous nous étions réfugiés derrière un muret. Il y avait un Hork-Bajir à un mètre de nous.

L'Andalite nous a dit que les Hork-Bajirs étaient des créatures gentilles, autrefois. Que malgré leur aspect redoutable, ils étaient pacifiques.

Mais les Hork-Bajirs étaient tous des Contrôleurs, à présent. Ils avaient tous une limace yirk dans le cerveau. Et ils n'étaient plus gentils.

J'opérai un virage à cent quatre-vingts degrés. Il fallait que je prévienne les autres. Je survolai un groupe de gardes forestiers et piquai alors assez bas pour pouvoir lire l'heure à la montre d'un des hommes. Mes amis étaient en animorphe depuis plus d'une heure.

Super ! Plus beaucoup de temps, et les Hork-Bajirs dans le secteur...

Je repérai rapidement la meute, qui trottait toujours résolument, sans jamais se fatiguer. S'arrêtant seulement pour que Jake lève la patte.

Je plongeai vers eux, puis m'arrêtai net juste au-dessus de leurs têtes.

– Ouarp ! Yirp ! Rrhâh !

Ils s'écartèrent avec des cris aigus. Jake me montra les crocs.

Je me posai sur un rondin pourri. Aussitôt, comme s'ils obéissaient à un ordre, les autres se déployèrent en cercle autour de moi. Ils se comportaient tous les cinq comme une meute de loups encerclant une proie. A leur manière, ils me rappelaient les Hork-Bajirs.

< Hé, relax, ce n'est que moi ! > dis-je.

Pas de réponse. Jake grogna un ordre bref à l'un des autres.

Attendez une seconde. Cinq ? Cinq loups ?

Jake, qui n'était pas vraiment Jake, bondit vers moi.

Waouh !

D'habitude, les loups ne font pas de mal aux humains, en revanche ils n'hésiteront pas à manger un oiseau s'ils ont faim. Et s'il y a une chose qui n'est pas agréable à voir, c'est un loup affamé, crocs jaunes sortis, prunelle brun-or luisante et poil hérissé, qui se jette sur vous.

Je battis très fort des ailes.

Le grand mâle passa comme une flèche à côté de moi. Je l'avais évité de justesse. Mais les autres m'encerclaient !

J'agitai de nouveau mes ailes et décollai, de quelques centimètres seulement. Je volais au ras du tapis d'aiguilles de pin, battant des ailes de toutes mes forces, avec cinq loups furieux à mes trousses.

Swoum !

J'attrapai un minuscule vent contraire, mais il ne m'en fallut pas davantage.

J'étais en l'air ! En l'air et sorti d'affaire, tandis

que les loups, en dessous de moi, hurlaient et claquaient des mâchoires de frustration.

Dix minutes plus tard, je vis une deuxième meute de loups. Cette fois-ci, je les comptai. Quatre loups.

Je restai tout de même prudent.

< C'est vous, les gars ? >

< Qui d'autre veux-tu que ce soit ? > rétorqua Marco.

< Ne me demande pas, répondis-je. Écoutez, on a un problème. >

Je descendis me percher sur une branche basse pour me reposer.

J'étais encore un peu choqué par cette rencontre avec de « vrais » loups, dont je ne m'étais tiré que de justesse.

< Il y a un lac un peu plus haut. Il grouille de gardes forestiers qui ne sont pas vraiment des gardes forestiers. >

< Oui, il m'avait bien semblé sentir de l'eau. Et des humains >, dit Cassie.

< Comment sais-tu que ce ne sont pas de vrais gardes forestiers ? > demanda Jake.

< Parce que les vrais gardes forestiers ne se

promènent pas avec des mitraillettes. En plus, ils ne traînent pas avec des Hork-Bajirs. >

< Des Hork-Bajirs ? demanda Cassie d'une voix tremblante. Tu en es sûr ? >

< Oh oui, répondis-je. Ils sont plutôt durs à confondre avec d'autres. Les gardes forestiers occupent le secteur autour du lac. Ils ont fait évacuer précipitemment des campeurs. Sous la menace de leurs armes. >

< Les Hork-Bajirs, grogna Marco, l'air dégoûté. Je les aime vraiment pas, ces mecs. >

< Ce lac, demanda Rachel, est-ce qu'il est dans la direction que prenait ton gros vaisseau invisible ? >

< Pile dans l'axe. Quel que soit ce vaisseau, je parie n'importe quoi qu'il allait au lac. >

< Et d'après la façon dont ces gardes forestiers contrôleurs et les Hork-Bajirs se comportent, tu crois qu'il est sur le point d'arriver >, remarqua Marco, pensif.

< Je vais vous dire un truc, repris-je. Ces types avaient l'air d'avoir déjà fait ça plusieurs fois. Vous voyez ce que je veux dire ? Comme si ce

n'était qu'une mission banale. Ils étaient bien rodés. >

< Il ne nous reste pas beaucoup de temps d'animorphe, dit Jake. Mais ce serait dommage de laisser passer cette occasion de voir de quoi il retourne. >

< Moi je pense qu'il faut y aller >, estima Rachel.

< Tu répètes ça à chaque fois, marmonna Marco. Je serais tellement content si seulement une fois, tu disais : « Attendez, on ne peut pas faire ça. » >

< Il vous reste à peu près quarante minutes, fis-je. Le lac est à cinq minutes d'ici, environ. >

< Ok. Allons-y. Mais juste un rapide aller et retour, avertit Jake. Juste le temps de voir ce qui se passe. >

Ils se mirent en route, Jake en tête.

< Et n'oubliez pas, comportez-vous en loups. >

< Ouais, et s'il y en a un qui voit les Trois Petits Cochons, qu'il n'oublie pas de les croquer ! >, plaisanta Marco.

Je m'envolai à nouveau mais demeurai près d'eux, cette fois-ci.

< Gardes forestiers droit devant >, dis-je.

< Oui, je les sens très distinctement maintenant, répondit Rachel. Et je les entends, aussi. >

< Bon, écoutez, conseilla Cassie, de vrais loups essaieraient d'éviter les humains. Ce serait parfaitement normal de s'écarter furtivement. >

Ils firent un léger détour pour contourner les faux gardes forestiers. Mais je vis qu'ils avaient été repérés. Les gardes se crispèrent, puis se détendirent en voyant qu'il s'agissait seulement d'une meute de loups poursuivant son chemin.

Je décidai de prendre un peu d'altitude. Malheureusement, comme il n'y avait pas de thermiques, je dus grimper par mes propres moyens. J'étais à une altitude de quelques milliers de mètres, d'où je pouvais toujours voir mes amis et le lac, quand je sentis de nouveau sa présence.

Je levai les yeux. La vague invisible. L'ondulation légère dans la matière du ciel. Elle était là. Elle se déplaçait lentement au-dessus de moi. Encore plus lentement que les fois précédentes.

Alors, pendant que je regardais le ciel, elle devint visible.

CHAPITRE 9

< Ne paniquez pas, lançai-je aux autres. Gardez un comportement normal, mais regardez dans le ciel. >

< Mon Dieu >, lâcha Rachel.

< Il est… il est énorme ! > s'écria Cassie.

Il était énorme. Mais le mot était bien faible.

Est-ce que vous avez déjà vu une photo de pétrolier ? Ou de porte-avions ? Voilà ce que j'appelle énorme. Comparé à cet engin, le plus grand jumbo-jet jamais construit aurait eu l'air d'un jouet.

Il avait la forme d'une raie manta. Le milieu faisait comme un gros renflement, avec une aile courbe et profilée de chaque côté. Sur le dessus des ailes, il y avait d'énormes valves, comme les entrées d'air sur un avion de chasse, mais en beaucoup plus

gros. On aurait pu aspirer tout un parking d'autobus, avec ces valves. Les seules fenêtres se trouvaient sur une sorte de bulle au sommet de l'engin. Je me dis que ce devait être le poste de commandement. En concentrant mon regard, je parvins à distinguer des silhouettes de Taxxons à l'intérieur.

Mais surtout, ce vaisseau était gigantesque. Vraiment gigantesque. Pour vous donner une idée, il cachait le soleil, tellement il était énorme.

Brusquement, deux cafards surgirent de derrière le vaisseau. Nous en avions déjà vu. Ils sont petits, pour des vaisseaux spatiaux. Pas au point de pouvoir en rentrer un dans son garage, mais assez pour le faire atterrir sur sa pelouse. Ils ressemblent à des cafards en métal, avec deux espèces de harpons crantés qui pointent vers l'avant, un de chaque côté.

< Il y a des cafards là-haut, signalai-je aux autres. Deux. >

< Qu'est-ce qu'on en a à faire, des cafards ? demanda Marco. C'est rien comparé à ce... à cette baleine ! >

< Les cafards survolent le lac. Je crois qu'ils vérifient qu'il n'y a rien de suspect. >

< Essayez de ne pas avoir l'air louche >, conseilla Jake d'un ton sec.

Je m'appliquai moi aussi à avoir l'air d'un faucon normal et inoffensif. A faire des trucs normaux de faucon. Mais le vaisseau principal était incroyablement intimidant... un truc aussi grand ne devrait jamais planer dans le ciel.

Soudain, un des cafards passa juste à côté de moi, lentement. Je pus regarder par le hublot. Il comprenait l'équipage habituel : un Hork-Bajir et un Taxxon.

Les Taxxons forment la deuxième espèce de Contrôleurs la plus courante. Imaginez un très grand mille-pattes. Maintenant imaginez-le encore plus grand, deux fois la taille d'un homme. Et avec une circonférence telle que vous ne pourriez pas le serrer dans vos bras si vous vouliez l'embrasser.

Non pas que vous risquiez d'avoir envie d'en embrasser un : les Taxxons sont des créatures immondes et répugnantes.

A la différence des Hork-Bajirs, qui ont été asservis de force, les Taxxons ont choisi d'offrir leurs esprits aux parasites yirks. Ce sont leurs alliés. Je

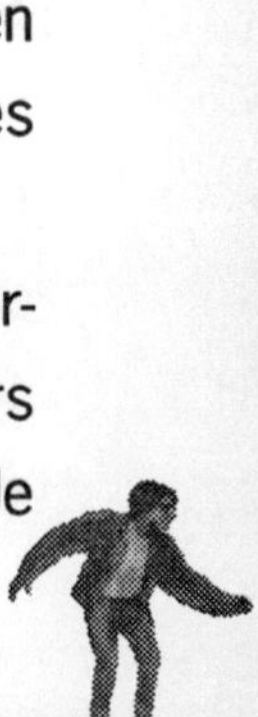

ne sais pas pourquoi, et je n'ai pas vraiment envie de le savoir.

Le cafard continua son chemin sans s'intéresser à moi.

L'immense vaisseau descendit lentement vers la surface du lac.

< Vous avez vu ? On dirait qu'il va se poser sur le lac. >

< Est-ce qu'on a vu ? Non. Il y a un vaisseau spatial grand comme un État d'Amérique qui plane en plein ciel, mais ça nous a complètement échappé. >

Marco, bien sûr.

< C'est vraiment incroyable, s'exclama Rachel. Incroyable ! >

< Vous savez, je déteste jouer les pessimistes, reprit Marco, mais quand je regarde ce truc, je nous sens mal partis. Quatre bêtes poilues et un oiseau contre un vaisseau de la taille d'un continent ! >

< Il y a une minute, fit doucement remarquer Cassie, c'était seulement de la taille d'un État. >

< Qu'est-ce qu'il fait ici ? C'est ça que je veux savoir >, dit Jake.

Ils avaient atteint la rive du lac et rôdaient, avec

l'air que doivent avoir les loups. Mais ils jetaient aussi de fréquents coups d'œil à l'imposant vaisseau. J'étais un peu inquiet à la pensée qu'un Contrôleur, humain ou hork-bajir, puisse remarquer qu'ils y faisaient un peu trop attention.

< Hé ! Surveillez votre comportement. Les Yirks repèreront tous les animaux qui se comportent d'une façon bizarre. Ils sont à l'affût d'Andalites sachant morphoser. >

< Tobias a raison, acquiesça Marco. Jake, remets-toi à pisser partout. >

< Très drôle >, fit Jake.

C'est alors qu'il commença à se produire quelque chose.

< Hé ! Regardez ! >

Du ventre du vaisseau sortit un tuyau qui plongea dans l'eau. Suivi d'un deuxième, puis d'un troisième.

< On dirait des pailles, remarqua Cassie. Ils boivent ! >

J'entendis un bruit de succion. Des milliers, des millions peut-être de litres d'eau étaient aspirés dans le vaisseau.

< C'est pour ça qu'il est tellement grand,

continua Marco, qui se mit à rire. Eh ben, eh ben, eh ben ! Vous savez quoi ? Nous venons de découvrir que les Yirks ont un énorme point faible. >

< Un point faible ? répéta Rachel. Toi, tu peux regarder ce vaisseau et parler de point faible ? >

Mais j'avais compris ce que pensait Marco.

< Ça signifie qu'ils ont besoin de quelque chose >, dis-je.

< Exactement, reprit Marco. Et ces grosses valves sur les côtés, je crois que c'est pour l'air. Ils emmagasinent de l'oxygène. Et maintenant, ils aspirent de l'eau. >

< C'est un camion-citerne ! s'exclama Cassie. Cet immense vaisseau n'est rien d'autre qu'un camion-citerne ! >

< Ouais, approuvai-je. Il emporte de l'eau et de l'air à leur vaisseau mère en orbite. Je suppose qu'ils ont besoin de venir sur Terre pour s'approvisionner. >

< Donc. Ce n'est pas comme dans *Star Trek*, où ils peuvent fabriquer eux-mêmes leur eau et leur air, remarqua Marco, en pleine réflexion. Tant qu'ils sont en orbite là-haut, les Yirks ont besoin de la planète

pour se fournir en air et en eau. Bien, bien. Je crois que c'est le premier signe encourageant, jusqu'à présent. >

< Nous n'avons plus beaucoup de temps, leur rappela Cassie. Il faut partir d'ici. >

< D'accord, mais on y va tranquille, conseilla Jake. On fait comme si on partait à la chasse à l'élan – ou à je ne sais quel animal. >

Ils s'éloignèrent nonchalamment du rivage du lac. Quant à moi, je m'y attardai : je n'ai plus à m'inquiéter d'une limite de temps.

Le vaisseau yirk créait un courant ascendant chaud, aussi j'ouvris mes ailes et m'y engouffrai. Les cafards décrivaient toujours des cercles lents et bas au-dessus du lac. Sur les rives, tout autour, les faux gardes forestiers et les quelques Hork-Bajirs continuaient de patrouiller.

C'est alors que je l'ai aperçue.

Je sais que pour des yeux humains, tous les faucons se ressemblent. Mais je sus tout de suite que c'était elle : la queue rousse que j'avais libérée.

Elle aussi se laissait porter par le courant ascendant, mille mètres plus haut que moi. Sans même y

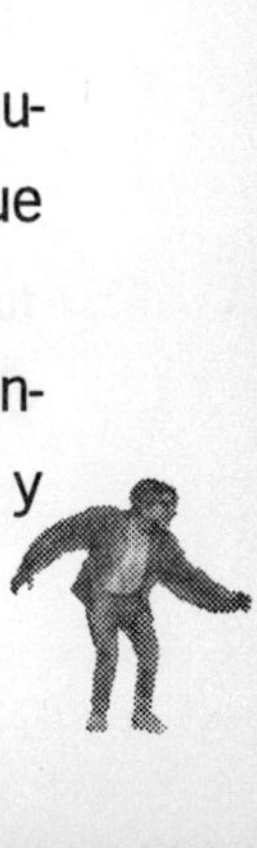

penser vraiment, je bougeai mes ailes pour monter en flèche vers elle. Elle me vit, j'en suis sûr. Les faucons ne ratent pas grand-chose de ce qui se passe autour d'eux. Elle savait que je montais vers elle, et elle m'attendait.

Ce n'est pas comme si nous étions amis. Les faucons ignorent ce que signifie ce mot. Et elle n'éprouvait certainement pas de reconnaissance envers moi pour l'avoir sauvée de sa captivité. Les faucons ne ressentent pas ce genre d'émotion non plus. En fait, il n'y avait peut-être aucun lien, dans son esprit, entre moi et sa liberté.

Pourtant, je m'élançai vers elle. Je ne sais pas pourquoi. Vraiment, je l'ignore. La seule chose que nous ayons en commun sont ces corps identiques. Nous avions tous les deux des ailes. Nous avions tous les deux des serres. Nous avions tous les deux des plumes.

Soudain, j'eus peur. Peur d'elle. Ce qui était fou, car j'étais là à planer au-dessus d'un vaisseau spatial si vaste qu'on aurait pu y construire un centre commercial... Mais c'était la queue rousse qui m'effrayait.

Ou peut-être n'était-ce pas la queue rousse en elle-même mais le sentiment que j'éprouvais en allant à sa rencontre dans le ciel.

Une sensation de bien-être. Le sentiment de rentrer chez moi, que ma place était avec elle.

Une soudaine vague de dégoût et d'horreur me submergea.

Non ! Non ! J'étais Tobias. Un humain. Un être humain, pas un oiseau !

Amorçant un virage serré, je m'éloignai d'elle.

J'étais humain. J'étais un garçon qui s'appelait Tobias. Un garçon avec des cheveux blonds toujours en bataille. Un garçon avec des amis humains. Des intérêts humains.

Mais une partie de moi continuait de dire : « C'est un mensonge. C'est un mensonge. Tu es le faucon. Le faucon, c'est toi. Et Tobias est mort. »

Je piquai vers le sol. Les ailes rabattues en arrière, j'atteignis une vitesse effrayante. Vite ! Plus vite !

Soudain, avec des yeux que Tobias n'avait jamais eus, j'aperçus la meute de loups, en bas. Et je vis le danger qui se dressait devant eux.

CHAPITRE 10

Mes quatre amis étaient immobiles comme des statues. Ils fixaient cinq autres loups avec intensité.

Les deux bandes s'étaient rencontrées. Entre elles deux gisait un lapin mort. Il avait été tué par l'autre bande.

Mes amis étaient tombés sur eux par hasard. Maintenant, deux mâles alpha allaient s'engager dans un combat mortel pour affirmer sa domination.

L'un de ces mâles alpha était Jake. L'autre était un vrai loup.

Jake avait pour lui l'intelligence humaine. Mais s'ils venaient à se battre, l'autre loup avait l'expérience pour lui. Il n'était pas devenu chef de bande en perdant des combats.

J'en aurais ri si j'avais pu. C'était ridicule ! Mais au moins cela chassait-il la femelle faucon de mon esprit. Ainsi que le sentiment qui me poussait vers elle, qui m'appelait alors même que des vaisseaux yirks sillonnaient le ciel en une danse mortelle.

Soudain, j'eus un choc en y pensant : le temps ! Il ne leur en restait plus beaucoup quand ils avaient quitté les bords du lac et rebroussé chemin. Combien de minutes s'étaient-elles écoulées depuis ?

Je piquai vers eux et demandai :

< Qu'est-ce que vous faites, les gars ? >

< La ferme, Tobias, lança sèchement Jake. On a un problème. >

< Ouais, je vois bien. Repliez-vous. >

< Je ne peux pas. Si je recule, je perds. >

< Tu perds quoi ? hurlai-je. Tu n'es pas un loup. Lui, c'est un loup ; laisse-le être le chef. Vous n'avez plus beaucoup de temps ! >

< Ce n'est pas si simple, intervint Cassie. Si Jake a l'air faible, l'autre alpha risque d'attaquer. On s'est trompé. On est sur leur territoire. Et ils croient qu'on essaie de leur voler leur proie. >

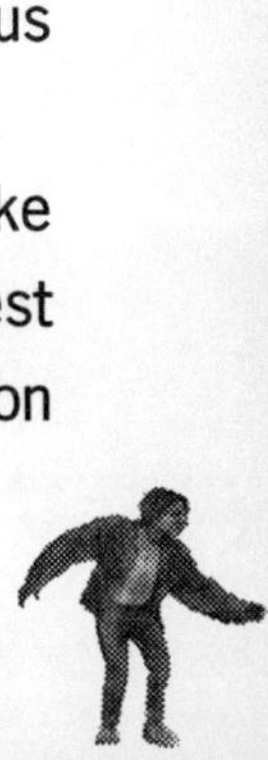

Soudain, l'autre grand mâle gronda et avança d'un pas.

Aussitôt, Jake retroussa encore davantage les babines et campa sur sa position.

Le lapin mort gisait entre eux ; guère plus d'un mètre le séparait de crocs terribles, de part et d'autre.

< L'enjeu du combat c'est le lapin, c'est ça ? > demandai-je.

Pas de réponse. Ils étaient tous tendus à un point tel qu'ils en frémissaient. D'un instant à l'autre, ça allait finir en guerre des gangs totale, façon loups.

Je savais ce que j'avais à faire. Mais ça allait à l'encontre de tous les instincts de mon cerveau de faucon.

Et Tobias l'humain n'était pas franchement emballé non plus.

Je battis des ailes pour gagner un peu de hauteur. J'allais avoir besoin d'élan. Ensuite, je fixai mon regard sur le lapin et priai le ciel d'être aussi rapide que je le croyais.

< Oh la vaaaache ! >

Je piquai en flèche. Pointai les serres vers l'avant.

– TSIIIIIR ! hurlai-je.

Zoum !

Un loup de chaque côté.

Un lapin mort.

Tchac ! Mes serres attrapèrent l'animal mort et s'accrochèrent à sa fourrure.

Je redoublai d'effort. Le lapin mort décolla du sol. Le grand loup bondit. Je sentis ses crocs frôler ma queue.

Je battais des ailes de toutes mes forces, filant à ras du sol, moitié portant, moitié traînant le lapin mort. Le loup courait à quelques centimètres derrière moi.

< Tobias ! > cria Rachel.

< Sauvez-vous ! hurlai-je. Il faut que je lâche ce truc, c'est trop lourd ! >

Heureusement, quand il n'est pas en train de faire le loup idiot, Jake est rapide et résolu.

< Profitons-en, partons ! >

Je laissai tomber le lapin juste au moment où le loup me rattrapait.

CLAC !

Une mâchoire capable de tuer un élan se referma dans l'air à trois millimètres de moi. Je vous le dis, il était si près que j'aurais pu compter ses molaires.

Je perçus un infime souffle de vent. C'était suffisant. J'ouvris les ailes et laissai la brise me soulever et m'emporter.

< Oh, ce n'était vraiment pas une partie de plaisir >, avouai-je.

< Tu vas bien ? >

< Je crois que j'ai perdu quelques plumes de ma queue, répondis-je, mais elles repoussent. >

Je rattrapai les autres. Ils avançaient aussi vite que le peuvent des loups. Le temps commençait à manquer. Je ne savais pas exactement combien il en restait. C'était un des problèmes majeurs de l'animorphe. Même si on pouvait porter une montre, on n'aurait pas envie de le faire. Un loup ou un faucon avec une montre, ça ferait légèrement louche.

< Je vais voir si je peux lire l'heure quelque part >, dis-je.

J'étais fatigué. Très fatigué, après ce long vol

jusqu'ici et non pas une, mais deux rencontres périlleuses avec des loups. Le faucon en moi n'avait qu'une envie, c'était de trouver une bonne branche donnant sur un champ dégagé, et de se reposer. Mais je savais que c'était impossible.

Je pris un peu d'altitude, pas trop. Juste assez pour repérer un des camions des services forestiers. Les Contrôleurs patrouillaient quelque part, mais il y avait une pendule sur le tableau de bord.

Je regardai les chiffres sans parvenir à y croire.

L'heure devait être fausse ! Il fallait qu'elle le soit !

CHAPITRE 11

Je ne ressentais plus aucune fatigue.

A toute vitesse, je fonçais retrouver mes amis. Je me sentais mal ; j'avais l'impression que mon cœur allait exploser.

Ils avaient dépassé la limite ! Il était trop tard, et ils allaient tous être pris au piège. Comme moi. Pour toujours.

< DÉMORPHOSEZ ! > hurlai-je en m'approchant d'eux.

La parole mentale est comme la parole normale ; plus on est loin, plus elle est difficile à entendre.

< Démorphosez ! Tout de suite ! >

Peut-être l'horloge du camion n'avait-elle pas l'heure exacte.

Peut-être que cinq minutes de plus ou de moins ne feraient pas de différence.

Enfin ! Je les aperçus. Quatre loups qui avançaient vers la ville lointaine.

< Démorphosez ! Tout de suite ! > hurlai-je en passant à la vitesse d'une balle de revolver au-dessus de leurs têtes.

< Qu'est-ce qu'il nous reste encore comme temps ? > demanda Jake.

< Rien. >

Cela les fit réagir aussitôt. Épuisé, je me posai sur une branche.

Cassie fut la première à démorphoser. L'épaisseur de sa fourrure diminua. Son museau s'aplatit pour redevenir un nez. De longues jambes humaines jaillirent en gonflant de ses fines pattes de canidé. Sa queue remonta et disparut. Elle était déjà plus qu'à demi humaine quand les premiers changements commencèrent à s'opérer chez les autres.

< Allez, dépêchez-vous >, insistai-je.

< Quelle heure est-il ? > demanda Jake.

< Il vous reste environ deux minutes >, lui répondis-je.

C'était un mensonge. D'après l'horloge, il était trop tard depuis sept minutes.

Trop tard.

Pourtant, Cassie continuait d'émerger de son corps de loup. De la peau remplaçait la fourrure. Sa combinaison couvrit ses jambes.

Mais les autres n'avaient pas autant de chance.

< Ahhh ! >

Dans mon esprit, j'entendais Rachel crier. Elle ne démorphosait pas normalement. Ses mains humaines apparurent à l'extrémité de ses pattes. Mais rien d'autre ne semblait changer.

Je regardai Marco avec horreur. Sa tête normale jaillit avec une étonnante soudaineté de son corps de loup. Mais pour tout le reste, il demeurait inchangé. Il baissa les yeux et hurla de terreur en se voyant.

< Héaouh. Yipmahhh ! >

C'était un son abominable, à moitié humain, à moitié loup.

C'était pire que ce que j'avais craint. J'avais pensé qu'ils risquaient de se retrouver piégés en loups, comme j'avais été piégé en faucon. Mais ils se transformaient en monstres de la nature à demi humains.

C'étaient des cauchemars ambulants.

Cassie courait de l'un à l'autre.

– Allez, Jake, concentre-toi ! Fais un effort ! Rachel, accroche-toi ma fille ! Imagine-toi en humain. Représente-toi ton image comme quand tu te regardes dans la glace. Marco, lutte contre la peur !

Je vis Marco rouler des yeux humains et me regarder fixement. Il ne me quitta plus des yeux. On aurait dit qu'il me haïssait. Ou qu'il avait peur de moi. Les deux, peut-être.

Je ne bougeai pas. Si Marco avait besoin de se concentrer, très bien.

Cependant, j'en eus un frisson de dégoût. Je me vis soudain comme ils devaient tous me voir : comme quelque chose d'effrayant. Un monstre. Un accident. Une créature répugnante et pitoyable.

Lentement, Marco se mit à redevenir lui-même. Lentement, très lentement, le corps humain apparut.

De même pour Rachel, et pour Jake. Ils étaient en train de gagner leur bataille.

– C'est ça, Jake, insista Cassie, qui lui serrait la main très fort entre les siennes. Reviens vers moi, Jake. Reviens complètement.

Je regardai Rachel. Elle avait toujours une petite queue, qui était en train de rétrécir. Sa bouche était encore en avant. Ses cheveux blonds ressemblaient encore davantage à de la fourrure grise. Mais elle allait y arriver.

L'horloge devait être en avance. Une affaire de cinq minutes de plus ou de moins avait décidé de leurs destins.

J'étais content qu'ils y soient arrivés. Ils étaient tous redevenus humains.

– On y est arrivé, soupira Jake d'une voix faible et haletante.

Il s'allongea sur les aiguilles de pin.

– On a réussi.

– C'était limite, ajouta Rachel. C'était vraiment trop limite. Ce que c'était dur ! C'était comme d'essayer de sortir d'une cuve de mélasse.

– Je suis humain de nouveau, marmonna Marco. Humain ! Orteils. Mains. Bras, épaules.

Il vérifia son corps de la tête aux pieds.

– Ha ! Ha ! C’était vraiment limite ! s’écria nerveusement Cassie.

Elle serra Jake dans ses bras. Ensuite, je crois qu’elle se sentit embarrassée, parce qu’elle courut embrasser Rachel et Marco.

Ils riaient tous, ils riaient de soulagement.

– On est indemnes, s’émerveilla Jake.

J’étais heureux pour eux. Vraiment, je l’étais. Mais brusquement, j’avais envie de ne pas être là, j’avais désespérément envie de ne pas être là. Je sentais un horrible trou noir et béant s’ouvrir tout autour de moi. J’en étais malade. Malade de me sentir pris au piège.

Prisonnier.

Pour toujours !

Je regardai mes serres. Ce ne serait plus jamais des pieds.

Je regardai mon aile. Ce ne serait jamais plus un bras. Elle ne se terminerait jamais par une main. Je ne toucherai jamais. Je ne toucherai jamais rien… ni personne… jamais plus.

Je me laissai tomber de la branche et ouvris mes ailes.

– Tobias ! cria Jake.

Mais je ne pouvais pas rester. Je battais des ailes comme un démon, sans plus me soucier de ma fatigue. Il fallait que je vole. Il fallait que je m'éloigne.

– Tobias, non ! Reviens ! cria Rachel.

Je me laissai porter par un thermique et montai en flèche loin dans le ciel, et mon propre cri silencieux et sans voix me résonnait dans la tête.

CHAPITRE 12

Il était tard quand je regagnai ce qui était maintenant ma maison.

Quand je m'étais retrouvé piégé dans mon corps de faucon, Jake avait ouvert une trappe qui donnait sur le grenier de sa maison. Je rentrais par cette ouverture. C'était un grenier typique. Il y avait quelques cartons poussiéreux pleins de vêtements de bébé ayant appartenu à Jake et à Tom, des boîtes contenant des lumières et des décorations de Noël. Il y avait aussi une commode dont le dessus était éraflé.

Jake avait tiré un des tiroirs et l'avait rembourré avec une vieille couverture.

C'était gentil de sa part. Jake avait toujours été quelqu'un de bien. Dans le temps, à l'école, il me

protégeait des petits durs qui aimaient me casser la figure.

Autrefois. Quand j'allais encore à l'école. C'était il y a combien de temps ? Quelques semaines ? Un mois ? Même pas.

Il y avait une boîte en plastique, dans un coin où personne ne risquait de la voir. J'avais faim. J'attrapai la boîte avec ma serre gauche et ouvris le couvercle à l'aide de mon bec crochu.

De la viande avec des pommes de terre et des haricots verts. La viande, c'était un hamburger. Je ne sais pas comment il se débrouillait pour avoir la nourriture. Sa mère croyait sans doute qu'il la volait pour son chien, Homer.

Je mangeai un peu de hamburger. C'était froid. C'était mort. Je me sentais mal de manger ça, mais ça me nourrissait. Ce n'était pas de viande morte dont j'avais envie mais de viande vivante. J'avais envie d'une proie vivante, qui respire et qui trottine. J'avais envie de fondre sur elle, de l'attraper avec mes serres acérées et de la déchiqueter.

C'est cela que je voulais. Que le faucon voulait. Et quand il s'agissait de nourriture, il m'était difficile de nier que j'avais un cerveau de faucon dans la tête. La faim que je ressentais était celle du faucon.

Je battis des ailes et sautai dans mon tiroir. Mais il était moelleux. Et mon corps de faucon n'avait pas envie du confort et de la chaleur de la couverture.

Les faucons font leur nid avec des bouts de bois. Ils passent leurs nuits perchés sur une branche, à sentir la brise, à écouter le couinement inquiet des proies, à regarder les chouettes chasser.

Je sortis d'un bond du tiroir. Je ne pouvais pas rester là. J'étais tellement fatigué que j'avais dépassé le stade où je pouvais me reposer. Je ne tenais pas en place.

Je ressortis voler dans la nuit. D'ordinaire, les faucons ne sont pas des animaux nocturnes ; la nuit appartient à d'autres chasseurs. Mais je n'étais pas prêt à me reposer.

Je volai sans but pendant quelque temps mais, au fond de moi-même, je savais où j'allais.

Il y avait encore de la lumière dans la chambre de Rachel. Je me posai sur une mangeoire à oiseaux qu'elle avait fixée là exprès pour que je puisse y atterrir quand je venais la voir.

Je frottai doucement la vitre du bout de mon aile, grattai avec une serre.

Un instant plus tard, la fenêtre s'ouvrit. Rachel était là, en robe de chambre et chaussons.

– Salut, dit-elle, je m'inquiétais pour toi.

< Pourquoi ? > lui demandai-je.

Mais je connaissais la réponse.

– Nous n'avons pas été très délicats cet après-midi.

Elle chuchotait. Nous ne pouvions pas courir le risque que sa mère ou une de ses petites sœurs la surprenne en train de parler toute seule.

< Ne sois pas idiote. Vous avez échappé de justesse à… tu sais quoi. >

– Entre. La porte de ma chambre est fermée à clé.

Je sautai par la fenêtre et me posai sur sa commode.

Soudain, je me rendis compte qu'il y avait quelque chose derrière moi. Je tournai la tête. C'était un miroir. J'étais face à mon reflet.

J'avais une queue faite de longues plumes droites qui tiraient sur le roux. Le reste de mon corps était brun moucheté. J'avais de larges épaules qui semblaient un peu voûtées, comme celles d'un joueur de rugby en position de défense. Ma tête avait une ligne aérodynamique. Féroces étaient mes yeux bruns, quand je portai le regard sur l'arme meurtrière qu'est mon bec.

Je détournai la tête, quittant mon reflet des yeux.

< Je ne sais pas ce qui m'arrive, Rachel. >

– Qu'est-ce que tu veux dire, Tobias ?

J'aurais tellement aimé pouvoir sourire. Elle paraissait si inquiète. J'aurais voulu pouvoir sourire, ne fût-ce qu'un peu, pour la rassurer.

< Rachel, je crois que je suis en train de me perdre. >

– Qu... quoi ?... Comment ça ? me demanda-t-elle.

Elle se mordit la lèvre en essayant d'éviter que je ne le remarque. Mais bien sûr, rien n'échappe aux yeux d'un faucon.

< La queue rousse que nous avons libérée... elle était là, aujourd'hui. Au lac. J'ai eu envie de partir avec elle. J'avais le sentiment que ma place était avec elle. >

– Ta place est avec nous, répondit Rachel avec fermeté. Tu es un être humain, Tobias.

< Comment peux-tu en être aussi sûre ? >

– Parce que ce qui compte, c'est ce que tu as dans la tête et dans le cœur, dit-elle avec une passion soudaine. Une personne, ce n'est pas le corps. Une personne, ce n'est pas ce qu'on voit à l'extérieur.

< Rachel... Je ne me rappelle même pas comment j'étais. >

Je vis qu'elle avait envie de pleurer. Mais Rachel est quelqu'un qui a une force véritable en elle. Peut-être étais-je venu la voir pour cette raison. J'avais besoin de quelqu'un qui soit fort. Je voulais que quelqu'un me laisse lui emprunter un peu de sa force.

Elle alla à sa table de chevet et ouvrit le tiroir. Elle fouilla à l'intérieur, puis revint vers moi. Elle tenait une petite photographie, qu'elle retourna pour que je puisse la voir.

C'était moi. Le moi que j'avais été.

< Je ne savais pas que tu avais une photo de moi >.

Rachel hocha la tête.

– Elle n'est pas super, comme photo. En vrai, tu es mieux.

< En vrai >, répétai-je.

– Tobias, un jour les Andalites reviendront. S'ils ne reviennent pas, nous sommes tous perdus, toute l'espèce humaine. Mais s'ils viennent, je sais qu'ils auront un moyen de te rendre à ton vrai corps.

< J'aimerais en être sûr >, lui répondis-je.

– J'en suis sûre, affirma-t-elle, en mettant tout le poids de sa confiance dans ces mots. Elle voulait que j'y croie. Mais je voyais bien les larmes qui menaçaient de couler de ses yeux tandis qu'elle me mentait.

Comme je vous le disais, il n'y a pas grand-chose qui échappe à un faucon.

CHAPITRE 13

Cela m'avait aidé de parler à Rachel. Un peu, en tout cas. Je passai la nuit dans mon petit tiroir, dans le grenier de Jake.

Le lendemain, j'ai volé toute la journée en attendant que mes amis sortent de l'école. A certains égards, je m'en rendais compte, ma situation n'était pas si mauvaise. D'abord, je n'avais pas de devoirs à faire. Ensuite, je pouvais voler. Combien d'adolescents normaux peuvent-ils atteindre soixante-cinq kilomètres à l'heure en vol horizontal et dépasser le cent trente en piqué ?

Je suis allé à la plage et je me suis laissé porter par des thermiques. Les meilleurs courants étaient là où les falaises se pressaient tout contre l'océan bleu.

J'ai aperçu quelques proies, des souris et des campagnols qui trottaient dans l'herbe, en haut des falaises. Je les ai ignorées. J'étais Tobias ; j'étais humain.

Jake nous avait tous convoqués à une réunion ce soir là dans sa chambre. Tom, son frère, serait à une assemblée du Partage.

Le Partage sert de couverture aux Yirks. Ils prétendent que c'est une association du genre scouts, mais son véritable objectif est de recruter des hôtes volontaires pour les Yirks.

J'ai pris l'habitude de consulter les montres des gens depuis le ciel. Et vous savez aussi que certaines banques ont parfois un grand panneau qui donne l'heure et la température. Ça aussi, c'est pratique.

C'est bizarre les choses qui vous manquent quand vous perdez votre corps humain. Prendre une douche, par exemple. Ou dormir vraiment, profondément, s'abandonner complètement au sommeil. Ou savoir l'heure qu'il est.

L'après-midi, je suis retourné à l'école. J'ai survolé les environs jusqu'à la fin des cours. Après, j'ai

attendu de voir Jake, Rachel, Cassie et Marco sortir. Ils s'en allaient séparément. Marco leur avait fait remarquer qu'il n'était pas bon pour leur sécurité qu'on les voie toujours ensemble.

J'ai suivi le bus de Jake et de Rachel. C'était eux qui habitaient le plus près, à quelques pâtés de maisons seulement l'un de l'autre. Marco habitait un immeuble de l'autre côté du boulevard. Il vivait seul avec son père, sa mère s'était noyée quelques années auparavant.

Cassie avait le trajet le plus long, jusqu'à sa ferme qui était à environ un kilomètre et demi de chez les autres. Pour moi, ça faisait trois minutes de vol.

Comme je vous le disais, il y a certains avantages à avoir des ailes. Je crois vraiment que la plupart du temps c'est bien. Vraiment.

En attendant l'arrivée de Jake, je planais sur un bon thermique au-dessus de chez lui. Je le vis descendre du bus et entrer. Je ne pouvais pas voir Rachel de là où j'étais à cause des arbres, mais j'aperçus Marco l'espace d'une seconde ou deux.

Je me concentrais sur mes amis. De cette

façon, je ne prêtai pas autant d'attention aux écureuils dans les arbres. Ni aux souris qui pointaient leur petit museau hors de leur trou pour humer l'air.

Au bout d'un moment, j'aperçus Tom qui sortait de la maison. Tom est le portrait craché de Jake, sauf qu'il est plus grand et qu'il a les cheveux plus courts. Je ne l'ai pas vraiment bien connu. Mais c'est pendant la fatale tentative pour le sauver du bassin des Yirks que je me suis retrouvé piégé.

Il se mit à descendre la rue en affectant un air nonchalant. Au bout d'un moment, une voiture s'arrêta à sa hauteur et une des portières s'ouvrit. Tom s'engouffra à l'intérieur. En route pour sa réunion du Partage.

Quelque temps après, je vis les autres se mettre en route pour aller chez Jake. Je n'eus pas de mal à identifier Rachel. Elle s'entraînait à ses exercices de danse en marchant le long des rebords du trottoir comme si c'étaient des poutres.

Je ne franchis la fenêtre de la chambre de Jake qu'une fois tous les autres arrivés. Je ne voulais pas donner l'impression que j'avais traîné tout ce temps sans rien à faire.

– Il était temps, dit Marco. Ça fait bien une heure qu'on attend.

Ils étaient arrivés depuis deux minutes environ.

< Je suis très occupé, comme oiseau, répondis-je. J'ai perdu la notion du temps. >

– Ce serait bien qu'on fasse vite, prévint Cassie. Mme Lambert nous a donné des devoirs à faire pour après-demain, et j'ai promis à mon père que je l'aiderais à relâcher le grand duc. Il était dans un état, ce grand duc, quand on l'a trouvé ! Il s'était posé sur une ligne à haute tension et il s'était électrocuté. Mais maintenant, il est prêt à repartir. Nous lui avons trouvé un habitat.

– Un copain à toi, Tobias ? me lança Marco d'un ton moqueur.

Tous les autres le fusillèrent du regard. Mais la vérité, c'est que ça me faisait du bien que Marco me taquine. Marco taquinait tout le monde.

< Nous autres faucons, nous ne traînons pas avec les hiboux, répondis-je. Ils font la nuit, nous faisons surtout le jour. >

– C'est un animal superbe, reprit Cassie.

< Je les vois quelquefois la nuit. Ils sont éton-

nants. Tellement cool. Tellement silencieux. Leurs ailes ne font aucun bruit. Ils peuvent voler à trois centimètres devant toi sans que tu les entendes. >

– Bon écoutez, si Cassie doit partir, on devrait passer aux choses sérieuses, remarqua Jake.

– Ouais, si vous en avez fini avec le chapitre rapaces de la réunion, tous les deux, ajouta Marco.

– Moi aussi, je vais devoir partir vite, ajouta Rachel, l'air un peu embarrassée. Mon cours de danse donne un spectacle au centre-ville.

– Oh ! oh ! J'y cours, j'y vole ! persifla Marco.

– Oh que non ! rétorqua sèchement Rachel. Aucun de vous n'approche du centre-ville. Vous savez ce que ça me fait de devoir participer à ces spectacles débiles.

Rachel ne fait pas partie de ces gens qui aiment se produire devant une foule.

– Nous avons appris comment les Yirks se procurent leur air et leur eau, reprit Jake, qui essayait d'en venir aux choses sérieuses. Nous savons même où ils le font. Et nous savons aussi à peu près quand. Il devrait y avoir un moyen d'utiliser ces informations. Quelqu'un a une idée ?

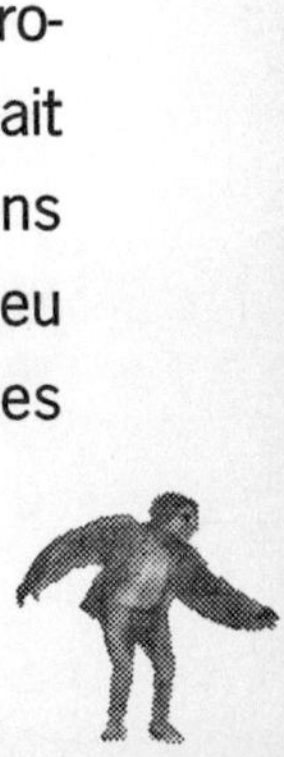

Rachel haussa les épaules.

– Cherchons un moyen de détruire le vaisseau.

Marco leva la main comme s'il était en cours.

– Et si, euh... on se remettait à parler de rapaces ?

Rachel l'ignora, comme à son habitude.

– Écoutez, trouvons un moyen de détruire ce vaisseau, et peut-être que les Yirks se retrouveront à court d'eau et d'air. Peut-être que ça les obligera même à laisser tomber et à rentrer chez eux.

– Peut-être, soupira Cassie. Ou peut-être qu'ils ont une douzaine d'autres vaisseaux comme celui-là en différents endroits de la planète. On ne sait pas combien ils en ont.

– Celui-là nous suffirait largement si... commença Marco.

Je crois qu'il se rendit alors compte qu'il allait faire une suggestion dangereuse.

– ... Rien, conclut-il.

– Quoi ? lui demanda Jake. Qu'est-ce que tu allais dire ?

Marco resta silencieux. Puis avec un haussement d'épaules, il commença :

– D’accord, bon, écoutez, et si nous ne cherchions pas à détruire ce vaisseau. Et s’il volait au-dessus de la ville et que soudain le dispositif de camouflage soit désamorcé ?

En silence, nous avons réfléchi quelques instants à cette hypothèse.

Soudain, un million de gens lèveraient la tête et verraient un vaisseau de la taille d’un gratte-ciel au-dessus d’eux.

– Les gens le remarqueraient sans doute, admit Jake.

– Oh oui, ils le remarqueraient ! insista Rachel. Et les radars le verraient aussi. Un million de témoins oculaires. Les Contrôleurs ne pourraient jamais étouffer l’affaire !

< Les gens le filmeraient au caméscope, dis-je. Ils prendraient des photos. Il y aurait les enregistrements radar. >

Jake eut un grand sourire.

– Le monde entier le verrait. L’espèce humaine tout entière se rendrait compte de ce qui se passait.

Il commençait à s’enthousiasmer, maintenant.

– Et alors, nous pourrions aller trouver les autorités. Les Contrôleurs ne pourraient pas nous arrêter ! Nous pourrions dire tout ce que nous savons !

Les yeux de Rachel brillaient.

– Nous pourrions leur dire pour le Partage, ajouta-t-elle. Nous pourrions dénoncer Chapman !

– Et tu crois que Vysserk Trois et ses copains vont rester les bras croisés sans rien faire ? demanda Marco. Comme tu disais, nous n'avons aucune idée du nombre de vaisseaux qu'ils possèdent. Ni du pouvoir qu'ils ont.

Jake parut un peu déçu.

< Ils n'ont pas assez de pouvoir pour attaquer la Terre à découvert >, remarquai-je.

– Et comment tu le sais ? demanda Marco.

< Parce qu'ils se donnent beaucoup de mal pour rester clandestins. Tu ne te caches pas si tu es assez fort pour te montrer à ton adversaire et le battre loyalement. >

Je m'attendais à ce que Marco trouve une repartie astucieuse. Mais il se contenta de hocher la tête.

– Ouais, dit-il, tu as raison.

– Ceci pourrait être notre grande chance, fit

Rachel. Rendre visible ce vaisseau pour que le monde entier puisse le voir.

– Je suis désolé de poser la question, grogna Marco, mais comment pensez-vous réussir à faire ça ?

Ce fut Jake qui répondit.

– Nous allons devoir nous introduire dans ce vaisseau.

Il adressa un clin d'œil à Marco.

– Tu veux savoir comment ?

Marco secoua négativement la tête.

– Pas vraiment, dit-il.

– Par les tuyaux d'eau. En poissons.

Marco soupira :

– Jake, je t'avais bien dit que je ne voulais pas le savoir.

CHAPITRE 14

Rachel et Cassie partirent, chacune dans une direction différente.

– Bon spectacle ! cria Cassie à Rachel.

– Je vais venir te voir, dit Marco à Rachel. Ne commence pas avant que j'arrive.

Rachel lui lança un de ses regards meurtriers, et disparut.

Il ne restait plus que Marco, Jake et moi.

– Je lui plais plutôt bien, en fait, continua Marco en nous lançant un clin d'œil à Jake et à moi.

– Hum hum, commenta sèchement Jake. Écoute, Tobias, on ne pourra pas agir avant le week-end.

< Pourquoi ? >

– Question de délais. Nous devons morphoser

pour aller là-bas. Il n'y a pas de bus et nous ne pouvons pas marcher si loin dans nos corps humains. Même en loups, ça prend du temps. J'étais en train de me dire que nous pourrions peut-être y aller le matin et nous cacher quelque part et camper et nous tenir prêts ensuite, l'après-midi, quand les Yirks arriveront.

– Et cette fois-ci, nous pourrions contourner le territoire de cette autre bande de loups, observa Marco. Je n'ai pas envie d'avoir encore affaire à eux.

Ça paraissait sensé.

< Je crois que tu as raison. Et si vous voulez faire comme ça, il vous faut y aller un samedi. >

– De toute façon, ce serait peut-être une bonne idée d'avoir autant d'information que possible sur le secteur.

Jake me regarda d'un air pensif.

– Alors je me disais...

< Oui, l'interrompis-je, je vais faire un repérage. Je vais chercher un endroit où vous puissiez vous cacher. J'ai les mains parfaitement libres, enfin pas vraiment les mains, mais plein de temps libre. >

Marco et Jake rirent tous les deux. Je crois que

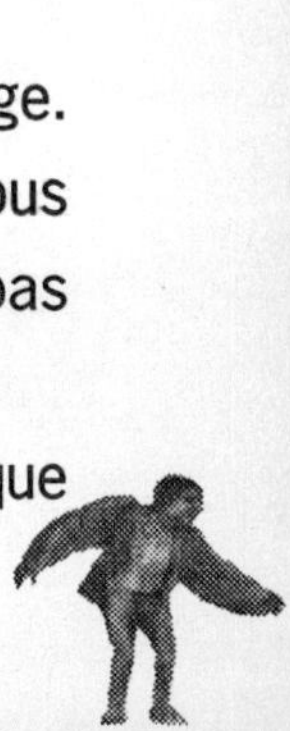

Marco était étonné que je puisse plaisanter sur ma propre situation.

Pourtant je remarquai l'expression sérieuse de Jake. Il se demandait si j'allais bien.

< Ça va, lui murmurai-je par parole mentale à lui seul, pour que Marco n'entende pas. Ça m'a juste fait un peu peur de vous regarder vous débattre pour sortir de ces animorphes de loups.>

Il approuva en levant un sourcil. Lui aussi, ça l'avait perturbé. Je soupçonnais cet incident d'avoir donné lieu à de nombreux cauchemars.

– Bon, alors quoi, maintenant ? demanda Marco. Est-ce que je vais en douce au centre-ville sans que Rachel me voie ?

– J'ai des devoirs, dit Jake. Et fais-moi confiance, Marco, si jamais Rachel te voit en train de faire des grimaces pendant qu'elle danse, elle se changera en éléphant et elle te piétinera.

Marco fit la moue.

– Vous vous rappelez le bon vieux temps où la seule chose qu'une fille pouvait faire, c'était de nous insulter ?

Je m'envolais, les laissant à leurs jeux vidéo, à

leurs devoirs ou à je ne sais quelle occupation avec laquelle ils finiraient par s'occuper.

De toute façon, je ne pouvais plus y participer.

C'est plutôt dommage, en fait. Avec ma vue et ma vitesse de réaction, je serais sans doute un adversaire redoutable, au jeu vidéo. Mais les manettes et les panneaux de commandes ne sont pas fait pour des serres.

Je volai dans la fraîcheur de l'après-midi.

J'ai flâné quelque temps dans les airs. Je suis allé jeter un coup d'œil à la maison de Chapman. C'est le directeur de notre collège. C'est aussi un des Contrôleurs les plus importants.

Quand nous avons découvert pour la première fois que Chapman était l'un d'eux, il était en train d'ordonner à un Hork-Bajir de nous attraper et de nous tuer. Il lui disait de garder nos têtes pour l'identification.

Ce n'est pas le genre de choses qu'on s'attend à entendre. Surtout de la bouche d'un directeur de collège.

Mais les choses se révélèrent plus compliquées que nous ne l'avions cru. Certes, Chapman avait

rejoint les rangs des Yirks. Mais il l'avait fait en partie pour sauver sa fille, Melissa.

Melissa serait au spectacle de danse avec Rachel. Au centre-ville.

Ça me rendait triste de repenser au centre-ville. Encore un de ces endroits où je ne pouvais plus aller. La liste était longue : l'école, les cinés, les parcs de loisirs…

Attends une minute. Je pourrais très bien aller au Parc de loisirs. Et je n'aurais même pas besoin de payer l'entrée.

Cette pensée me rendit heureux. Je ne sais pas pourquoi ; ce n'est pas comme si je pouvais monter dans le grand huit. Mais quand même, l'idée me remontait plutôt le moral.

Je pouvais rentrer au Parc sans problème. Et maintenant que j'y pensais, je pouvais aussi assister à tous les matches de foot ou de baseball que je voulais, du moment qu'ils se déroulent en extérieur.

Et les concerts ! Waouh ! Les grands concerts dans les stades, pas de problème. Pas besoin de billet.

C'était comme ça qu'il fallait que je voie les choses. Il y avait des millions de choses que je pouvais faire en tant qu'oiseau, et qui auraient été impossibles en tant qu'humain.

Mais pas pour le moment. Je fis demi-tour et mis le cap sur les montagnes. J'avais une mission à accomplir. C'était un des autres avantages d'être un oiseau : j'étais le roi de l'espionnage aérien.

Une grande procession de nuages élevés filaient vers les montagnes. Le temps idéal, pour moi. Ce sont les thermiques qui poussent ces nuages si haut dans le ciel. Je me laissai simplement porter. Ce n'était pas désagréable, comme vie. Pas vraiment.

Je volais. Autrefois, quand j'étais dans mon ancien corps, je regardais souvent le ciel en rêvant de pouvoir voler. Maintenant, je le pouvais. Je me dis qu'il y avait sans doute des enfants au sol en cet instant même qui me regardaient en pensant : « Waouh, ce serait génial. »

Si seulement j'avais quelque chose à manger. J'avais un peu faim. J'aurais dû demander à Jake de m'apporter un truc à grignoter.

Cela se produisit avant même que j'aie eu vrai-

ment le temps d'y réfléchir. Je crois que c'est parce que je me sentais si bien, si détendu.

Je survolais les bois, environ deux kilomètres après la ferme de Cassie. Les arbres s'espacèrent pour former une petite clairière. C'est ce que les queues rousses adorent : une petite clairière.

Elle grouillait de proies. Des écureuils fouillant le sol à la recherche de noisettes, qui faisaient quelques bonds puis s'asseyaient sur leur arrière-train pour regarder autour d'eux avec inquiétude. Des souris, trottant d'un trou à l'autre. Des lapins.

Un rat.

Mon regard se fixa sur lui avec une concentration absolue. J'opérai un virage brusque en plein ciel, et piquai vers le sol. J'avais plaqué les ailes en arrière. Baissé la tête. Remonté les serres pour atteindre un maximum de vitesse.

Brusque déploiement ! J'ouvris les ailes. Impact de l'air. Serres tendues vers l'avant. Les yeux ne quittant pas le rat d'un millimètre.

Mise au point !

Je frappai ! Une vague d'excitation incroyable monta en moi. J'étais en extase. En extase ! Il n'y a pas d'autres mots. Une sensation plus extrême que tout ce que j'avais jamais connu jusqu'alors.

Mes serres entrèrent en contact avec la chair chaude et se mirent à serrer. Le rat se débattait, mais il était impuissant. Impuissant !

J'étais pris de frénésie. Je refermai les ailes sur ma proie, pour la protéger des autres prédateurs qui pourraient vouloir me la voler.

< NON ! NON ! NON ! NON ! NON ! >

Je regardai mes serres. Elles étaient rouges de sang.

Des lambeaux de viande de rat pendaient à mon bec.

Dans ma panique, j'oubliai ce que j'étais et j'essayai de partir en courant. Mais je n'avais plus de jambes ni de pieds pour courir. J'avais des serres meurtrières. Des serres ensanglantées.

Je tombai dans la poussière.

< Non >, criai-je silencieusement.

Mais je voyais toujours le rat mort. J'avais toujours son goût dans la bouche. Et peu importait combien de fois j'allais répéter non, ce serait toujours oui.

CHAPITRE 15

J'ai volé.

J'ai volé aussi loin et aussi vite que je l'ai pu. Je voulais aller si vite que le souvenir d'avoir tué et mangé le rat resterait loin derrière moi.

Mais, même moi, je suis incapable de voler aussi vite que cela.

« Humain ! Je suis humain ! Je suis Tobias ! »

Je ne sais pas pourquoi c'était Rachel que j'avais envie de voir à ce moment là. Peut-être était-ce parce qu'elle était ma seule véritable amie. Peut-être était-ce la façon dont elle avait paru tellement sûre de qui et de quoi j'étais.

J'avais besoin de quelqu'un qui soit sûr.

En bas, en dessous de moi, je voyais les grands rectangles irréguliers du centre-ville. J'aperçus une porte vitrée. Des flots de gens entraient et sortaient. Rachel. C'est là qu'elle était.

– TSIIIR !

Hurlant de rage et de frustration, je fondis. Je piquai sur la porte comme j'avais piqué sur le rat.

Mais je n'allais pas m'arrêter. Je n'allais pas ralentir. J'allais juste mettre un terme à tout cela, tout de suite. Je frapperais la vitre à toute vitesse, et peut-être cela me réveillerait-il de ce cauchemar.

La vitesse ne cessait d'augmenter. La porte se précipitait vers moi. La terre elle-même se soulevait pour me frapper.

Un type, brun, petit, avança vers la porte. Il l'ouvrit.

SCHWOUP !

Je devais faire du cent trente quand je m'engouffrai par la porte ouverte.

Une autre porte double, ouverte elle aussi.

Pas d'impact.

Pas de réveil.

Des couleurs et des lumières vives tout autour de moi. Comme dans un kaléidoscope ultrarapide.

Les magasins défilaient autour de moi.

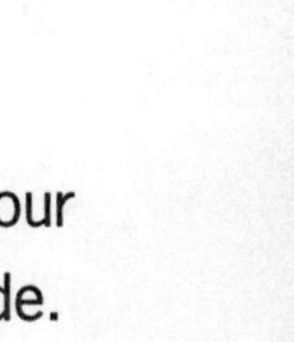

ZOUM !

J'étais une balle, tirée à quelques centimètres au-dessus de la tête des badauds. J'entendis des hurlements. Des cris de stupeur.

Je m'en fichais. Je voulais percuter quelque chose. Je voulais me réveiller. Je voulais tomber à terre parce que mes ailes auraient disparu, remplacées par des jambes maladroites et des bras battant l'air.

Je voulais être moi de nouveau.

« Je suis humain ! Je suis humain ! Je suis Tobias ! »

Tous ces magasins. Un monde que je connaissais. Un monde auquel j'appartenais. Des endroits où j'avais été. Des nourritures que j'avais mangées. Le monde des êtres humains.

ZOUM !

Soudain, en quelques secondes, je me retrouvai au milieu du centre commercial.

Une foule était attroupée en cercle. Des tapis de sol bleus étaient disposés au milieu du cercle. Des filles en justaucorps faisaient gracieusement des arabesques, exécutaient des sauts de chat. A l'étage supérieur, les gens se pressaient à la balustrade pour regarder.

Rachel évoluait au milieu. Elle était en train de lever une jambe, en se maintenant en équilibre sur l'autre.

J'étais un missile brun, or et roux qui passa en trombe devant elle.

– Tobias ! s'écria-t-elle.

Droit devant, un mur. Un mur vide où ils allaient installer un nouveau magasin. J'avais encore de la vitesse. Je pouvais encore percuter ce mur et me réveiller du cauchemar.

– Non ! cria Rachel.

Je déployai mes ailes et montai en flèche à la verticale. Le mur me râpa le ventre. Le plafond était entièrement vitré. J'y étais ! Un virage de dernière seconde, presque trop tard. Mon épaule heurta le verre. Je rebondis et me mis à dégringoler vers les visages tournés vers le ciel, qui me regardaient avec horreur, stupéfaction et pitié.

J'aperçus le visage de Rachel parmi cette foule. Ses yeux priaient en silence.

– Non, articulait-elle, non.

Je tombai, sonné par le choc. Rachel, toujours en équilibre sur un pied, m'attrapa dans ma chute. Elle tomba et nous avons basculé tous les deux sur le tapis.

– Tu dois sortir d'ici ! balbutia-t-elle.

< J'ai tué, criai-je. Tu ne comprends pas, Rachel. Je suis perdu. J'ai tué ! >

– Non. Tant que tu m'as, moi et les autres, tu n'es pas perdu, Tobias.

Des mains secourables se tendaient, tentant de sauver Rachel de l'oiseau fou et incontrôlable. Elle me donna une petite poussée vers le haut. Juste assez pour me propulser en l'air. A la regarder faire, on aurait cru qu'elle essayait de se débarrasser de moi.

Je battis des ailes, échappant de justesse à une dizaine de mains qui se refermaient dans l'air pour m'attraper. Quelqu'un m'envoya un sac. Je l'évitai.

Mais il n'y avait pas d'issue. Au-dessus de ma tête, je vis le plafond vitré. Le ciel bleu.

Le faucon qui était en moi voulait le ciel. Il savait que la sécurité était là-haut, dans le grand bleu. Le faucon se dirigea vers le plafond. Droit vers la vitre qu'il ne comprenait pas. Cette vitre serait comme un mur de briques.

Mais je ne pouvais plus lui résister davantage. Le faucon avait gagné. J'avais tué. J'avais tué et mangé. Et j'avais adoré ça. L'extase de la chasse.

L'extase !

Dans une seconde, tout serait fini. Un dernier battement de mes ailes puissantes et la vitre…

Du coin de l'œil, j'aperçus une silhouette familière à l'étage supérieur. Tout à coup, quelque chose siffla à mes oreilles. Quelque chose de petit et de blanc, avec des coutures apparentes.

CRAC !

La balle de baseball atteignit la vitre juste quelques centimètres avant mon bec. Juste là où Marco avait visé. Des éclats de verre tombèrent en pluie autour de moi. Je m'engouffrai par le trou.

Le ciel !

Le faucon volait vite et droit.

Je l'ai laissé faire. J'ai capitulé.

Tobias, un garçon dont je n'arrivais plus à me rappeler le visage, n'existait plus.

CHAPITRE 16

Les quelques jours qui suivirent furent comme un rêve long et lent. J'évitais la maison de Jake. Je ne communiquais pas avec mes amis. J'avais disparu.

Je m'étais trouvé un endroit. C'était un territoire idéal pour un queue rousse – l'endroit où j'avais tué pour la première fois. Une jolie clairière entourée d'arbres. Non loin, il y avait une zone marécageuse, ce qui était bien aussi. Néanmoins, comme un autre queue-rousse y avait son territoire, je ne pouvais pas y aller souvent.

Je passais mes journées à chasser. Parfois, je prenais les vents chauds et ascendants pour inspecter la clairière de haut. D'autres fois, je me perchais dans un arbre et j'attendais qu'une créature sans méfiance se risque à sortir. Alors, je fondais sur elle, je l'attrapais, je la tuais. Et je la mangeais tant que son sang était encore chaud.

Les journées étaient plus faciles que les nuits. Pendant la journée, je chassais presque tout le temps. Ça occupe, parce que le plus souvent, on rate sa proie. Il faut faire plusieurs tentatives avant d'arriver à en tuer une.

Les nuits, c'était le pire, je ne pouvais pas chasser. Les nuits appartiennent à d'autres prédateurs, aux chouettes principalement. Le soir tombé, mon esprit humain refaisait surface.

L'humain qui était dans ma tête me montrait des souvenirs. Des images de la vie des hommes. Des images de ses amis. Il était triste. Et il se sentait seul. Mais en réalité l'humain Tobias voulait seulement dormir. Il voulait disparaître et laisser le faucon commander. Il voulait accepter le fait qu'il n'était plus un homme.

Pourtant, la nuit, quand je regardais les chouettes accomplir leur tâche silencieuse et meurtrière, perché sur ma branche familière, j'avais des souvenirs qui me trottaient dans la tête.

Mais il y avait aussi d'autres souvenirs. Je repensais à la femelle queue rousse. Celle qui était dans la cage. Je savais où se trouvait son territoire. Près d'un lac limpide, dans les montagnes.

Alors, un jour j'y suis allé. Je l'ai vue du ciel, perchée sur une branche. Elle guettait un bébé raton laveur, prête à le tuer. Elle devait avoir très faim pour s'en prendre à un raton laveur, aussi petit fût-il. Ce sont des créatures très coriaces, très hargneuses.

Tandis que je la regardais à son insu, elle piqua. Le raton laveur la repéra. Un rapide écart sur la gauche, et la queue rousse passa sans parvenir à le toucher. Le bébé raton laveur courut vers la lisière du bois, où se trouvait sa mère.

Aucun faucon n'est assez fou pour chasser un raton laveur adulte. La queue rousse ne pouvait pas remporter ce combat.

Elle regagna sa branche.

Je me mis à voler au-dessus d'elle, attendant de voir si elle allait me repérer. Attendant de voir aussi ce qu'elle ferait, quand elle me remarquerait. Je devais être prudent. C'était une femelle, et les femelles ont une taille supérieure d'un tiers à celle des mâles, en moyenne.

Soudain, je perçus un mouvement rapide dans les bois.

Une scène de chasse !

C'était toujours assez excitant de regarder une mise à mort, surtout lorsque le prédateur était une créature d'une autre espèce. Ça aiguisait mon propre sens de prédateur.

La proie courait maladroitement sur ses deux pattes, en se frayant un chemin dans le sous-bois. Elle trébucha et heurta violemment le sol. Elle parut très lente à se relever. Puis se remit à courir.

J'entendais sa respiration haletante. La proie faiblissait. Elle couinait.

Les proies couinent souvent.

Le prédateur se déplaçait lui aussi sur deux pattes. Mais il pouvait atteindre une plus grande vitesse. Des lames lui sortaient des bras, et il s'en servait pour taillader les buissons et les herbes. Il s'ouvrait un chemin à travers les broussailles comme une tondeuse à gazon fauchant de hautes herbes.

Tondeuse à gazon ?

Non. Autre chose. Hachoir à pattes. Oui, c'est comme ça que Marco les appelait.

Marco ? L'image me vint à l'esprit. Petit. Brun. Humain.

Je fus soudain frappé comme par un éclair. Je venais de m'en rendre compte : cette proie était un humain. Qu'est-ce que cela pouvait me faire ? C'était une proie. Et c'était comme ça que ça marchait : le prédateur tuait la proie. NON ! C'était un être humain.

– Au secours ! Au secours !

Les couinements signifiaient quelque chose.

– Au secours ! A l'aide !

Le prédateur était très proche. Dans quelques secondes, il allait tuer sa proie. Il était puissant. Il était rapide. C'était un Hork-Bajir.

– Aidez-moi, quelqu'un, aidez-moi !

Je ne sais pas comment décrire ce qui s'est alors passé. C'était comme si mon univers tout entier basculait. Comme s'il avait été une certaine chose, et boum ! l'instant d'après quelque chose d'entièrement différent. C'était comme de rouvrir les yeux après un rêve.

La proie était un être humain. Le prédateur était un Hork-Bajir. C'était mal. Mal ! Il fallait arrêter cela.

Quelques secondes plus tôt, je m'étais dit qu'aucun faucon sain d'esprit ne s'attaquerait à un raton laveur adulte. Maintenant, j'allais m'attaquer à un Hork-Bajir. Il y a autant de points communs entre un Hork-Bajir et un raton laveur qu'entre une bombe nucléaire et un arc et des flèches.

Il fallait attaquer ses yeux. Ils constituaient l'unique point faible.

– TSIIIR !

Je m'élançai comme une fusée vers l'Hork-Bajir. L'humain glissa et tomba de nouveau.

Serres tendues vers l'avant. L'Hork-Bajir était complètement concentré sur sa proie. Je frappai vite et fort, et m'éloignai à tire-d'aile.

– GUWWARRR ! hurla-t-il en portant la main à ses yeux.

L'humain s'était relevé et se remit à courir.

– Gurr gafrasch ! A moi ! S'enfuit ! Hilch nahurrn ! cria l'Hork-Bajir, dans ce mélange bizarre de langages humain et extraterrestre qu'ils utilisent quand ils communiquent avec des humains. Il appelait à

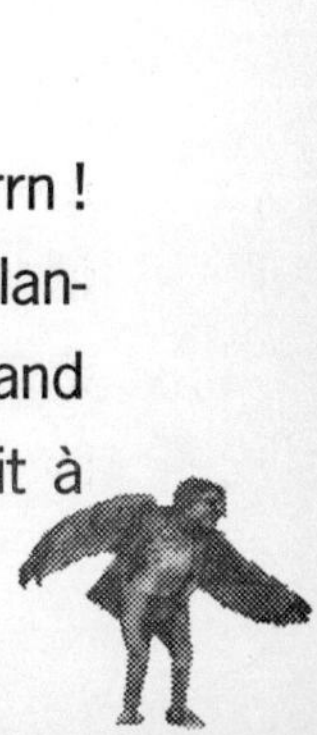

l'aide. Je me servis de mon élan pour m'élever au-dessus des arbres. Il avait plein de renforts à sa disposition. A environ mille mètres, un autre Hork-Bajir. Et, plus près, deux des faux gardes forestiers.

Tout me revenait, maintenant. Les faux gardes forestiers, au service des Hork-Bajirs. Ici, c'était le lac. Un vaisseau-citerne yirk devait être en route.

Les Yirks. Les Andalites.

Mes amis, les Animorphs.

Oui, mes amis. Je me souvenais, maintenant. Mais cet humain n'en faisait pas partie. Cette proie humaine était plus âgée. C'était un inconnu.

La queue rousse que j'avais libérée me regardait. Je pouvais presque la sentir qui m'attirait vers elle. Avec la force d'un aimant. Elle était de mon espèce. Elle était comme moi. Mais les gardes forestiers étaient aux trousses de l'humain, maintenant. L'humain ne me ressemblait en rien. Pauvre coureur au sol maladroit qu'il était. Ce n'était qu'une proie. Et pourtant, quelque chose m'empêchait de le laisser dans cette situation.

Je ne le pouvais pas. Moi.

Tobias.

CHAPITRE 17

Je me posai sur le perchoir, à l'extérieur de la fenêtre de Rachel. C'était la nuit, mais elle ne dormait pas. Elle lisait dans son lit, adossée à plusieurs oreillers.

Je donnai un coup d'aile contre la vitre.

< Rachel ? >

Elle sursauta, et le livre vola en l'air. Elle se leva d'un bond, courut à la fenêtre et l'ouvrit.

– Tobias ?

< Plus ou moins >, répondis-je d'un ton désabusé.

Elle voulut m'embrasser, me prendre dans ses bras. Mais elle se rendit vite compte que ce n'était pas possible. Les oiseaux ne sont pas vraiment faits pour être embrassés.

– Est-ce que tu vas bien ? On était tous terrifiés. Cassie a dit que tu t'étais peut-être fait tuer. Il y a plein de choses qui peuvent arriver. Jake est très déprimé.

< Je vais bien >, dis-je.

D'un coup d'aile, j'allai me percher sur sa commode.

Maintenant qu'elle était sûre que j'étais hors de danger, elle commença à se fâcher. Cela me fit sourire intérieurement. C'était Rachel tout craché.

– Tobias, qu'est-ce que t'as dans la tête ? Comment peux-tu disparaître comme ça et nous laisser tous nous inquiéter pendant des jours entiers ?

< C'est dur à expliquer. Je crois que... le faucon a en quelque sorte pris le dessus sur moi. En même temps ce n'est pas vraiment ça. Je veux dire, les instincts du faucon... ils sont forts. >

Je lui ai alors raconté la première fois où j'avais tué. Et à quel point cela m'avait horrifié.

Je ne sais pas comment je m'attendais à la voir réagir. Elle essayait de paraître compréhensive, mais je voyais bien que ça la dérangeait.

< J'ai perdu le contrôle, avouai-je. Ces deux ou

trois derniers jours, j'ai vécu comme un faucon. Complètement comme un faucon. Je crois que je commençais à m'oublier... moi. Et puis il s'est passé quelque chose. >

– Quoi ?

Elle alla vérifier que sa porte était bien fermée et qu'aucune de ses sœurs n'était dans les parages. Le silence régnait dans la maison.

Je lui ai raconté comment j'étais allé au lac. Je lui ai parlé de l'homme pourchassé par le Hork-Bajir.

< Heureusement, je peux voir le terrain mieux que les Hork-Bajirs ou que ces gardes forestiers humains contrôleurs. Je l'ai éloigné d'eux. Je lui ai dit quand se cacher, et quand courir.

– Tu lui as parlé ?

< Je lui ai parlé mentalement, oui. Je n'avais pas le choix. Je ne pouvais pas les laisser l'attraper. Il avait vu un Hork-Bajir. Ils ne l'auraient jamais laissé vivre. >

Rachel avait l'air sonnée.

– Mais maintenant il est au courant pour toi ! Et pour l'Hork-Bajir.

< Qu'est-ce qu'il va faire ? Il va aller dire aux gens

qu'il s'est fait pourchasser dans les bois par un monstre extraterrestre, et qu'un oiseau télépathe l'a sauvé ? >

Rachel éclata de rire.

– Bien vu ! Les gens le prendraient pour un fou. En plus, s'il se mettait à parler ouvertement des Yirks, ils le retrouveraient et le réduiraient au silence.

< Exactement ce que j'ai essayé de lui expliquer. Je crois qu'il va se taire. Il va même essayer d'oublier que ça s'est passé. >

– Tu l'as sauvé, dit Rachel.

< J'ai failli ne pas le faire, lui avouai-je. Au début, je ne voyais qu'un prédateur de plus chassant sa proie. Aucune différence avec les chouettes que j'observe la nuit. Aucune différence avec ce que je fais moi-même. Tuer pour manger. >

Rachel réfléchit un moment.

– Les Yirks et leurs esclaves ne tuent pas pour manger, fit-elle alors. Ils tuent pour prendre le contrôle et dominer. Tuer parce que c'est la seule façon dont tu peux manger, parce que c'est comme ça que la nature t'a conçu, c'est une chose. Tuer parce que tu veux le pouvoir ou le contrôle, c'est mal.

< Je crois que tu as raison. Je n'avais pas vu ça comme ça. >

– Ce que tu as fait... manger, tu sais, tout ça, c'est naturel pour le faucon. Rien de ce que fait un Hork-Bajir n'est naturel. Ils n'ont même pas le contrôle de leur propre corps ni de leur propre esprit. Ce sont les instruments des Yirks. Et les Yirks ne veulent que le pouvoir et la domination.

< Je sais >, acquiesçai-je.

Mais je n'étais pas complètement convaincu. Néanmoins, c'était réconfortant de parler avec Rachel.

– Tu es humain, Tobias, me chuchota-t-elle.

< Ouais, peut-être. Je ne sais pas. Quelquefois, je me sens tellement prisonnier. Je veux bouger les doigts, mais je n'en ai pas. Je veux parler à voix haute, mais j'ai un bec qui n'est bon qu'à arracher et à déchiqueter. >

Rachel avait l'air au bord des larmes. Cela m'inquiétait car elle n'est pas le genre de fille qui éclate en sanglots. Jamais.

< En tout cas, je suis désolé d'avoir gâché ton spectacle au centre-ville, l'autre jour. >

Elle sourit.

– Qu'est-ce que tu racontes ? C'était parfait. Je commençais tout juste mon numéro, et tu sais que je déteste devoir faire des spectacles en public comme ça. Tu as permis que ça se termine plus vite.

Je ris silencieusement.

< J'imagine. J'espère que personne n'a été blessé par les éclats de verre. >

– Non, personne n'a rien eu. Mais qu'est-ce que tu aurais fait si Marco avait raté son coup avec la balle de baseball ? Tu aurais heurté le verre horriblement fort.

Je ne sus pas quoi répondre.

Rachel s'approcha et me caressa la tête de la main. Cela mit le faucon en moi légèrement mal à l'aise. Mais en même temps, ça ressemblait à quand on se lisse les plumes, ce qui est assez agréable.

– Ce que je t'ai dit l'autre jour, Tobias... tu te souviens ? Tu n'es pas perdu tant que tu as Jake et Cassie et moi. Même Marco. Il t'a vraiment sorti d'affaire. Nous sommes tes amis. Tu n'es pas seul.

Je crois que j'aurais pleuré, à ce moment-là. Mais les faucons ne peuvent pas pleurer.

– Et un jour, les Andalites viendront...

< Un jour, répondis-je en essayant de paraître confiant. Bon, je ferais bien d'aller voir Jake. La mission est censée commencer demain. >

– Nous ne sommes pas obligés d'aller jusqu'au bout, remarqua Rachel.

< Si, nous devons le faire. Je le comprends mieux que jamais. Tu vois... il y a des êtres humains, partout, qui sont prisonniers dans des corps contrôlés par des Yirks. Piégés. Incapables de s'évader. Rachel, je sais ce qu'ils éprouvent. Peut-être que je n'arriverai pas à m'évader. Peut-être suis-je piégé pour toujours. Mais si nous pouvons en libérer quelques-uns. Peut-être... je ne sais pas. Peut-être est-ce ce dont j'ai besoin pour rester humain. >

CHAPITRE 18

Le lendemain, nous avons mis notre plan à exécution. Je volais en éclaireur dans le ciel, pendant que quatre loups gris couraient en dessous de moi. Nous avions calculé notre départ de façon à arriver dans le secteur très tôt le matin, plusieurs heures avant que les Yirks n'arrivent pour chasser les intrus.

< Alors, soyons bien clairs, Tobias, prévint Marco. Tu nous emmènes dans une grotte à ours ? Ours comme dans grand ours brun ? Et c'est bien, ça ? >

< Pas des ours bruns, l'interrompit Cassie. Pas dans cette région. Il s'agit d'ours noirs. Ils sont beaucoup plus petits. >

< Super. Je suis complètement rassuré. Juste une grotte à petits ours.>

< Les ours sont partis depuis longtemps, le rassurai-je. Il n'y en a que quelques-uns dans le coin, et cette grotte est vide. Fais-moi confiance. J'ai fait le repérage hier. J'ai vu des ratons laveurs et des putois entrer et sortir de la grotte. Ils ne feraient pas ça s'il y avait des ours. >

< Excuse-moi. Jake ? Est-ce que Tobias vient de dire putois ? J'ai dû mal entendre, parce qu'il n'y a qu'un imbécile qui penserait que c'est une bonne idée de tenir compagnie à des putois. >

< Nous n'allons pas tenir compagnie à des putois >, répondit patiemment Jake.

< Les putois n'habitent pas dans la grotte, ajoutai-je. Ils s'y réfugient seulement pour échapper aux prédateurs. >

Je n'avais pas besoin d'en dire davantage. Je crois que tout le monde avait deviné comment je savais que les putois se réfugient là pour échapper aux prédateurs.

< Écoutez, elle est près du lac mais je ne crois pas que les Yirks la connaissent, repris-je. Désolé, mais je n'ai pas pu trouver d'hôtel pratique où vous réserver une chambre pour la nuit. >

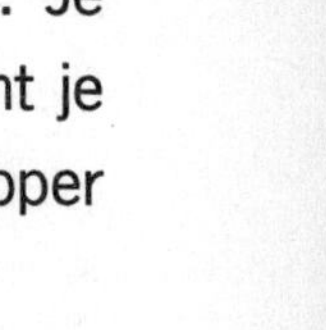

< Alors ça veut dire pas de service en chambre non plus ? demanda Marco. Bon, d'accord. Du moment que cette grotte est connectée câble. Le grand match de ce soir passe sur Eurosport. >

Je portais sur moi une minuscule pochette en Nylon qu'avait cousue Rachel. Elle était de couleur fauve, de sorte que si quelqu'un m'observait sans faire particulièrement attention, il ne la remarquerait pas, et ne se demanderait pas pourquoi ce faucon à queue rousse avait des bagages sur lui.

A l'intérieur, il y avait une petite montre. Elle ne pesait presque rien. Il y avait aussi quelques hameçons, du fil de pêche et un petit briquet. Le tout pesait environ cinquante grammes. Mais ça me ralentissait quand même un peu.

Quand nous sommes arrivés à la grotte, il nous restait encore plein de temps avant l'expiration des deux heures.

< Oh, ça m'a l'air charmant >, fit Marco en regardant les épines et la brosse à récurer qui traînaient par terre, devant l'entrée de la grotte.

< Je ne suis pas vraiment entré à l'intérieur >, avouai-je.

L’entrée de la grotte ne faisait guère plus de soixante centimètres de large, pour un mètre vingt de haut environ. Jake et Rachel n’eurent aucun mal, dans leurs animorphes de loup, à s’y introduire d’un bond agile. A moins qu’il n’y eût véritablement un ours à l’intérieur, ils allaient faire fuir toutes les bestioles qui pourraient bien s’y trouver.

< Vide, déclara Rachel. Il n’y a rien là-dedans à part deux araignées et une souris effrayée. >

Je décidai de tenter une plaisanterie :

< Faites-la sortir, j’ai faim. >

Marco fut le seul à rire. Les autres réagirent tous comme si j’avais dit quelque chose de gênant. C’était peut-être le cas.

< Si on démorphosait, proposa Marco. Ça m’a largement suffi d’une fois, de manquer de me retrouver coincé en loup. >

< Je vais jeter un coup d’œil dans les parages >, dis-je.

Parfois, je n’ai pas envie d’être présent quand ils démorphosent.

Quelques minutes plus tard, ils sortirent tous. Marco se plaignait, comme d’habitude.

– Vous savez, il faut vraiment qu'on trouve une solution pour cette histoire de chaussures. Des épines et pas de chaussures. C'est pas une combinaison gagnante.

Ils étaient tous les quatre pieds nus et en tenue d'animorphe : justaucorps de danse pour les filles, cyclistes et T-shirts moulants pour Jake et Marco.

– Il faut qu'on ramasse du bois, dit Jake. Ça ne ferait pas de mal de réchauffer un peu cette grotte avant l'arrivée des Yirks.

– J'adore quand Jake fait preuve d'autorité comme ça, pas vous ? le taquina Rachel.

– J'essaie juste de nous organiser, rétorqua-t-il, sur la défensive.

– On devrait se mettre à pêcher, fit remarquer Cassie. Si nous n'attrapons pas de poisson, cela posera un problème.

Le plan consistait à morphoser en poissons pour entrer dans les tuyaux d'alimentation en eau du vaisseau yirk.

Bien sûr, pour morphoser en un animal, il faut d'abord l'acquérir. Ce qui signifie pouvoir le toucher.

– Ça ne devrait pas poser trop de problèmes, affirma Jake avec assurance.

– Hum hum, dit Cassie d'un ton sec. Combien de fois es-tu allé à la pêche dans ta vie ?

– En comptant cette fois-ci ? Une.

Jake éclata de rire, et Cassie lui fit les gros yeux.

– Le banlieusard typique, remarqua-t-elle affectueusement. Tu vas voir, c'est pas si facile que ça.

< Alors vous feriez mieux de vous y mettre, dis-je. Je vais jeter un coup d'œil sur les parages. >

– Fais attention à toi, Tobias, me lança Rachel tandis que je prenais mon envol.

D'en haut, je les regardais, tentative ratée sur tentative ratée, essayer de convaincre un poisson de mordre à l'un de nos hameçons.

Ça paraissait ridicule, mais le plan tout entier reposait sur notre capacité à attraper un poisson. Et le temps venait à manquer. Peu à peu, la journée avançait, et toujours pas de poisson.

Jake commençait à être sur les nerfs. Rachel grognait carrément. Quant à Marco… n'en parlons pas.

– C'est ridicule ! fit-il. Nous sommes quatre – je

veux dire cinq – êtres humains passablement intelligents, et nous n'arrivons pas à attraper un malheureux poisson qui doit avoir un QI minable ?

Cassie était la seule à garder son calme.

– La pêche est une question de savoir-faire et de chance, expliqua-t-elle placidement. Un pêcheur intelligent apprend à ne pas se sentir frustré.

Jake consulta la petite montre que nous avions apportée avec nous.

– D'après ce qu'on sait, dans une heure les Yirks vont commencer à arriver pour évacuer le secteur.

Rachel hocha la tête.

– Même si nous attrapons un poisson maintenant, nous n'aurons pas le temps d'essayer l'animorphe.

< Peut-être que vous devriez laisser tomber pour aujourd'hui, suggérai-je. Vous avez vraiment intérêt à tester l'animorphe en poisson d'abord. Vous savez tous à quel point une animorphe peut être difficile au début. >

Jake secoua la tête avec fermeté.

– Je ne crois pas, Tobias. Ça nous obligerait à attendre samedi prochain. Demain, ce n'est pas possible parce que j'ai des trucs à faire avec mes parents. Marco aussi. Ce qui veut dire qu'on devrait attendre une semaine entière.

< Ben, on ressaie la semaine prochaine. Qu'est-ce qui presse ? >

– Ce qui presse, c'est que les Yirks ne peuvent pas revenir éternellement au même lac. Tôt ou tard, le niveau d'eau va commencer à baisser, à force d'en prélever autant. Ils doivent se servir d'un lac un certain temps, puis passer à un autre. Ça pourrait nous prendre une éternité de trouver leur nouvel endroit.

Ça se tenait. Mais ça ne me rassurait pas.

< C'est la première animorphe d'un animal aquatique que nous tentons. On ne sait pas du tout comment ça va se passer. >

– Je sais, dit Jake d'un ton sec. Écoute, Tobias, je sais que c'est pas vraiment idéal.

– Ha ! ha ! s'écria Cassie.

Elle tira brusquement sur sa ligne.

– Je crois que nous avons un petit poisson ! Une truite, ajouta-t-elle en la regardant frétiller dans l'eau.

L'hameçon s'était planté dans sa lèvre. Elle n'était pas très grande, une trentaine de centimètres.

Nous la regardions tous les quatre avec méfiance.

– Il faut qu'on devienne ça ? demanda Marco.

– C'est un poisson, répondit Cassie. Tu t'attendais à quoi ?

Marco haussa les épaules.

– Je ne sais pas. A quelque chose qui soit plus dans le genre *Les Dents de la mer*. C'est qu'un poisson, ça. Je veux dire, on pourrait le vider et le manger avec un peu de jus de citron. Et des frites, peut-être.

Les autres se tournèrent vers lui et le regardèrent de travers.

Cassie se pencha et attrapa la chose grise qui se tortillait dans l'eau. Elle se concentra. Paupières mi-closes. Elle était en train de l'acquérir. L'ADN du poisson était absorbé par le corps de Cassie.

Le don de l'Andalite. La malédiction de l'Andalite.

Le pouvoir de l'animorphe.

CHAPITRE 19

< Je n'aime pas ce plan >, lâchai-je brusquement.

Jake leva les yeux vers moi, l'air étonné.

– Tobias, dit-il, on l'a organisé ensemble.

< Écoutez, les gars, vous ne vous rendez pas compte comme ça peut être dangereux ? >

– Je m'en rends compte, répondit Marco. Je m'en rends compte un maximum. Mais je croyais que tu étais le grand tueur de Yirks, toujours partant ? Tout d'un coup, maintenant, tu as peur ?

< Je n'ai pas peur pour moi, expliquai-je. Je serai en train de voler en toute sécurité pendant que vous quatre, vous entrerez dans ce vaisseau. >

Cassie hocha la tête.

– C'est dur de rester sans rien faire pendant que

quelqu'un d'autre risque sa vie, remarqua-t-elle. Je comprends ce que tu ressens. Mais il y a eu d'autres fois où c'était toi qui prenais les risques.

– Écoutez, on n'a pas le temps de discuter de ça, intervint Jake. Nous avons un plan sur lequel on s'est tous mis d'accord. Alors continuons avant que les Yirks ne débarquent.

Jake devient irritable quand quelqu'un remet les choses en question une fois que tout a été décidé. D'habitude, c'est Marco qui lui tape sur les nerfs.

– Ça va aller, dit Rachel avec assurance.

Elle prit le poisson dans sa main. Il devint mou et inerte, comme d'habitude pendant le processus d'acquisition.

Soudain, je me sentis incapable d'en regarder davantage. Un souvenir m'était revenu à l'esprit en un éclair, l'image de leur lutte pour sortir des corps de loup.

Et s'ils se retrouvaient piégés dans une animorphe de poisson ? Cette idée ne semblait pas les préoccuper véritablement. Bien sûr, ils savaient que ça m'était arrivé. Mais les gens sont marrants, ils ne pensent jamais qu'il peut leur arriver quelque chose de grave, à eux. Moi, je savais que c'était possible.

Et se retrouver piégé en poisson ? Rien que d'y penser, j'en étais malade. Tout le reste de la vie dans un corps de poisson ? En comparaison, être prisonnier dans un corps de faucon paraissait carrément agréable.

< Je vais monter voir si personne n'approche >, dis-je.

J'attrapai une petite brise et battis énergiquement des ailes pour dépasser les cimes des arbres.

Ça demandait beaucoup d'énergie de prendre suffisamment d'altitude pour avoir une bonne vue sur le secteur. Tout autour, l'air ne bougeait presque pas. Mais j'étais content de cet effort physique. Il m'empêchait d'imaginer ce que serait ma vie si mes seuls amis au monde se retrouvaient piégés en poissons dans un lac de montagne.

J'en aurais ri si ce n'était aussi grave. Combien y a-t-il d'adolescents qui s'inquiètent d'une pareille éventualité ? C'est sûr que la vie avait pris une tournure étrange depuis cette nuit où nous avions vu l'Andalite atterrir sur le chantier.

Je me mis à décrire des cercles, de plus en plus haut, jusqu'au moment où je parvins à voir le lac tout entier, ainsi que presque toute la zone alentour. Pas de gardes forestiers. Pas encore. Je me demandai si Jake avait raison, et si les Yirks ne risquaient pas de se trouver un autre lac. Peut-être l'avaient-ils déjà fait.

Alors, très loin en dessous de moi, là, sur une branche... le faucon. La femelle que j'avais libérée de sa captivité.

Elle m'observait. Je voyais ses yeux me suivre dans le ciel. Je savais qu'elle m'observait en partie pour la simple raison que je me trouvais sur son territoire. Les faucons n'aiment pas que des étrangers viennent leur prendre toutes les meilleures proies sur leur territoire.

Mais j'avais l'impression qu'il se passait aussi quelque chose d'autre.

Elle voulait que je la rejoigne. J'ignore comment je le savais, mais je le savais. Elle voulait que je vole jusqu'à elle.

Certaines personnes pensent que les faucons prennent compagnon pour une saison seulement.

D'autres pensent que c'est pour la vie, et moi je ne sais pas vraiment laquelle des deux est vraie.

Mais il y avait une chose que je savais avec certitude : je n'étais pas prêt à m'installer avec qui que ce soit. Surtout pas avec un faucon.

Pourtant, il y avait ce sentiment en moi. Comme si... comme si ma place était auprès d'elle.

Je détournai le regard. Vivement que cette mission soit finie et que je n'aie plus à venir sur son territoire. Elle me troublait.

Soudain, du mouvement !

Je m'étais laissé distraire. Des camions ! Des Jeep ! Ils roulaient sur la route. Ils étaient à moins de deux kilomètres et ils avançaient vite.

Je cherchai désespérément mes amis du regard. Ah, les voilà ! Je piquai vers eux.

< Ils arrivent ! m'écriai-je. Rentrez dans la grotte ! >

Ils partirent en courant vers la grotte. Mais il leur était plus difficile de s'y glisser avec leurs corps humains. La première fois, leurs épaisses fourrures de loups les avaient protégés des égratignures des buissons.

TCHACA ! TCHACA ! TCHACA ! TCHACA ! TCHACA !

Des hélicoptères frôlaient la cime des arbres !

Ils arrivaient très vite. Mes amis couraient toujours pour gagner l'abri de la grotte. Un des hélicoptères venait droit sur eux.

< Oh, bon sang ! > marmonnai-je.

Il me restait encore beaucoup de vitesse de mon piqué. Je me mis à remuer les ailes avec force, grimpant à la vitesse maximum. Droit sur l'hélicoptère.

Droit dessus.

Je vis le pilote. Un humain contrôleur. Avec un Hork-Bajir assis à côté de lui.

Droit sur eux !

L'hélicoptère faisait du cent quarante, moi un peu moins. La distance entre son pare-brise et moi diminuait très rapidement.

Ils n'allaient pas s'arrêter !

CHAPITRE 20

TCHACA ! TCHACA ! TCHACA ! TCHACA ! TCHACA !

Les rotors rugissaient.

Ils n'allaient pas s'arrêter ! Nous allions nous heurter de plein fouet.

Soudain, un léger tremblement de la paupière du pilote, sa main qui se contracte sur la manette de commande.

Je braquai à droite. L'hélicoptère braqua à gauche.

Il passa comme une tornade à côté de moi. Pris dans le sillage des rotors, je me mis en torche et dégringolai. Alors j'ai replié les ailes, déployé la queue et pivoté sur moi-même. Puis j'ai rouvert les ailes, et piqué élégamment entre deux arbres. J'effectuai un virage sur la gauche et gagnai la grotte à

toute allure. Rachel était la dernière à entrer. Elle était encore nettement visible. L'hélicoptère l'aurait sûrement repéré s'il n'avait dû dévier sa trajectoire.

J'attendis qu'elle soit entrée, saine et sauve.

< Ok, les gars, je crois que personne ne vous a vus. Restez tranquilles jusqu'à ce je vous dise que c'est le moment. >

Ils ne pouvaient pas me répondre en parole mentale, bien sûr. Ils étaient encore humains, de sorte qu'ils pouvaient entendre la mienne, mais non répondre de la même façon.

Les Yirks procédèrent à la fouille habituelle du secteur. Les faux gardes forestiers se déployèrent en éventail autour du lac, leurs mitraillettes prêtes à tirer. Les hélicoptères tournoyèrent en bourdonnant jusqu'au moment où ils estimèrent que le secteur était vide.

Ils se posèrent alors et les Hork-Bajirs sautèrent au sol. Ils semblaient redoubler de précautions. Vysserk Trois leur avait sans doute fait tout un tas d'ennuis à cause de l'homme que j'avais aidé à fuir la veille. Vysserk Trois n'était pas une créature dont on souhaiterait s'attirer la colère.

C'est alors que je l'ai senti. Le vide dans le ciel. La sensation de quelque chose de monstrueusement énorme se déplaçant lentement dans l'air.

La chose était au-dessus de moi. Elle apparut lentement, se concrétisant dans un scintillement, comme par un tour de magie.

Impossible de jamais s'habituer à la taille gigantesque de cette chose. Ça vous donnait l'impression que quelqu'un vous accrochait une petite lune au-dessus de la tête.

Je m'éloignai et me rapprochai de la grotte.

< Il est là >, annonçai-je.

Derrière le vaisseau-citerne venait la garde habituelle des cafards. Seulement au lieu de deux cafards, il y en avait quatre. Il était clair que les Yirks étaient inquiets, cette fois-ci. Deux des cafards continuèrent à patrouiller. Les deux autres se posèrent dans la clairière, à côté des hélicoptères.

Pourquoi ? Pourquoi cette sécurité accrue ? Était-ce seulement à cause de l'homme que j'avais aidé à fuir ?

Je sentis quelque chose de nouveau dans l'air,

au-dessus du vaisseau-citerne. Un autre vaisseau camouflé !

Il n'était pas aussi grand, pourtant ce vide dans le ciel éveillait en moi une terreur que j'avais déjà connue.

Un scintillement et le vaisseau apparut.

Du noir dans du noir, un harpon dardé vers l'avant, affilé comme une lame de rasoir – j'avais déjà vu ce vaisseau. Le vaisseau Amiral ! Je l'avais vu pour la première fois sur le chantier de construction où l'Andalite s'était fait assassiner, tandis que nous pleurions avec impuissance.

Pas étonnant que les Yirks fussent tendus.

Le vaisseau Amiral descendit vers la zone d'atterrissage. Les Horks-Bajirs qui se trouvaient sur le terrain ainsi que les gardes forestiers étaient en pleine frénésie, maintenant, et ils fouillaient les bois comme si leur vie en dépendait.

Tsssss !

Quelqu'un avait décoché un rayon Dracon. Suivant le rayon, je vis un cerf, fauché en plein bond, grésiller et disparaître. Les Yirks tiraient sur tout ce qui bougeait.

Les portes du vaisseau Amiral s'ouvrirent. Un nouveau flot d'Hork-Bajirs déferla, lance-rayons Dracon au poing. Derrière eux rampaient deux Taxxons, ondoyant et tremblotant sur les pattes maigrelettes de leur immonde corps de chenille.

Puis, en dernier, il sortit : de délicats sabots d'Andalite. Une queue d'Andalite meurtrière, semblable à celle d'un scorpion. Le visage sans bouche d'un Andalite. Les deux petits bras d'Andalite, avec leurs doigts trop nombreux. Les deux yeux mobiles, montés sur des tiges ressemblant à des bois de cerf qui se mouvaient sans cesse, scrutant de tous côtés, pour permettre aux grands yeux principaux de se concentrer sur un objet différent.

Un corps d'Andalite. Mais non un esprit d'Andalite. Car dans ce corps d'Andalite vivait un Yirk. L'unique Contrôleur andalite. Le seul Yirk à avoir jamais pu asservir un Andalite. Et donc, le seul Yirk à posséder le pouvoir de morphoser.

Je descendis dans les arbres. J'attendis qu'un Hork-Bajir en patrouille fût passé devant la grotte où se cachaient mes amis. Une fois certain que personne ne me verrait, je gagnai le sol à petits coups

d'ailes et pénétrai dans la grotte en effleurant les buissons des deux côtés.

– Tobias ? C'est toi ? chuchota Jake.

< Oui. >

– Qu'est-ce que tu fais là ? Ce n'est pas le plan.

< Oublie le plan. Il est là. >

Personne ne demanda qui. Ils avaient tous bien sûr compris, à la façon dont je l'avais dit.

Il était là.

Vysserk Trois.

CHAPITRE 21

– Qu'est-ce qu'il fait là ? demanda Cassie dans un murmure apeuré.

< Je crois qu'il est juste venu superviser ce voyage. Peut-être parce qu'ils ont laissé ce type s'échapper. >

– Il est là pour mater ses gars, dit Marco, qui essayait de faire le dur. Ils ont fait une bêtise et maintenant il est là pour s'assurer qu'ils ne recommenceront pas.

< La raison pour laquelle il est là n'a pas vraiment d'importance, leur fis-je remarquer. Il est là. Et il y a des Hork-Bajirs supplémentaires, et tout le monde est extrêmement nerveux. Un des Hork-Bajirs a tué un cerf qui ne faisait que passer. >

– Un cerf ? s'exclama Cassie. Quelle bande de

sauvages ! Les cerfs n'ont jamais fait de mal à personne.

< Le plan, c'était que vous vous faufiliez jusqu'à l'eau, que vous morphosiez aussitôt et que vous vous dirigiez vers le tuyau d'admission d'eau du vaisseau, leur rappelai-je. C'était un plan dangereux dès le départ, mais là maintenant c'est impossible. Vous allez marcher tous les quatre jusqu'au lac et ensuite morphoser ? Non, ce n'est pas possible. Pas dans l'état d'alerte où sont les Yirks en ce moment. >

– Pas avec Vysserk Trois dans les parages, acquiesça Marco.

– Je ne suis pas d'accord. (C'était Rachel.) Je trouve qu'on devrait quand même essayer. Écoutez, si on y arrive, si on parvient à entrer à l'intérieur de ce vaisseau et à mettre le dispositif de camouflage hors service pendant qu'ils sont au-dessus de la ville… tout ça sera fini.

Jake insista :

– Nous avons toujours dit que s'il y avait un moyen de montrer au monde ce qui se passe… eh bien, le voilà le moyen. Ils ne pourront pas passer l'événement sous silence. Je me fiche de qui ils sont. Même si le maire, le gouverneur et la police tout entière étaient des Contrôleurs, ils ne pourraient jamais étouffer un truc pareil.

< Jake, tu ne m'écoutes pas. Je te dis que c'est impossible que vous descendiez tous les quatre jusqu'au lac. Vous serez morts avant d'avoir fait trois pas ! >

Personne ne parla pendant un certain temps. Ce fut Cassie qui rompit finalement le silence.

– Il y a peut-être un moyen, proposa-t-elle. Un poisson peut survivre deux ou trois minutes hors de l'eau. Et celui dans lequel nous allons morphoser est petit. Assez petit pour être transporté par un faucon à queue rousse.

Tout le monde écoutait Cassie avec attention.

– Excuse-moi ? s'écria Marco d'une voix de fausset. Tu es en train de dire que non seulement tu veux que je morphose en poisson, mais en plus que je le fasse hors de l'eau et que je sois transporté en l'air par un oiseau ?

Cassie se mordit la lèvre.

– Je dis juste que ça pourrait marcher.

– Ça marcheras, confirma Jake.

Il échangea avec Rachel un regard légèrement dément qui disait : « D'accord, on essaie ! »

< Pas question, protestai-je. Vous êtes fous. Je ne veux pas vous vexer, mais ça serait prendre beaucoup trop de risques. >

– Je sais que c'est dangereux, répondit Jake. Mais nous n'aurons peut-être jamais une aussi bonne occasion.

Marco se mit à geindre. Moi à essayer de les convaincre de renoncer. Mais à l'arrivée, ça faisait trois contre deux. Par ailleurs, Jake avait raison : nous avions là l'occasion de porter un sacré coup aux Yirks.

J'ai déjà vu Marco morphoser en gorille, Rachel se morphoser en éléphant, en musaraigne et en chat, Cassie se changer en cheval, Jake en tigre et en mouche (ça, je ne vous dis pas ce comme c'était bizarre !). Mais c'était la première fois qu'ils allaient tenter de morphoser en un animal qui vivait dans l'eau.

Cassie insista pour commencer la première.

– C'était mon idée, dit-elle.

Elle ne fit pas allusion au fait qu'elle était aussi celle qui morphosait le mieux.

– Si tu as l'impression d'étouffer, tu dois sortir de l'animorphe, lui ordonna Jake.

Il lui prit la main.

– Est-ce que tu m'écoutes ? Il faut que tu sortes de l'animorphe si ça se passe mal. Tu ne dois pas t'évanouir dans une animorphe.

– Je le ferai, répondit Cassie en souriant. Ne t'inquiète pas pour moi.

Elle ferma les yeux et se concentra.

Je vous ai dit que Cassie était celle qui contrôlait le mieux l'animorphe. Elle a un talent presque artistique pour ça ; elle peut faire paraître tout le processus assez agréable et beaucoup moins répugnant.

Pas cette fois-ci.

Sous mes yeux, ses cheveux disparurent complètement. Sa peau commença à durcir, un peu comme si elle se recouvrait de vernis. Comme si on l'avait plongée dans du plastique transparent.

Ses yeux glissèrent sur le côté de sa tête. Son visage explosa en une énorme bouche béante, qui semblait émettre des bulles invisibles.

Et pendant ce temps-là, elle rapetissait. Mais pas assez vite. On pouvait encore voir la moindre transformation cauchemardesque de son corps. La façon dont ses jambes se ratatinèrent, de plus en plus, jusqu'au moment où son corps sans jambes tomba par terre.

A partir du bas de son dos, son corps s'allongea.

– Ooohhh ! s'écria Rachel.

Une queue venait de jaillir du derrière de Cassie. Une queue de poisson.

Alors, sa peau à l'aspect vernissé se mit à craquer et se fendilla en un million d'écailles.

Ses oreilles avaient disparu. Ses bras se ratatinaient. Elle ne mesurait pas plus de soixante centimètres et gisait sans défense, comme un monstre, sur le sol de la grotte.

< Jusque-là, tout va bien, dit-elle, mais sa voix mentale tremblait. Je... respire... toujours... avec mes poumons. >

Mais à ce moment-là, deux fentes s'ouvrirent sur son cou. Des ouïes.

< Aaaah ! > cria-t-elle.

– Cassie, reviens ! supplia Jake en chuchotant.

< Non, non. J'ai presque fini. Tobias... >

< Je suis prêt >, répondis-je avec fermeté.

Elle était minuscule, à présent. Moins de trente centimètres de long. Tout ce qu'il restait de son corps humain était deux minuscules mains de bébé. Ça lui faisait de petites nageoires.

Cassie frétillait furieusement. Elle haletait en silence.

– Allez-y ! s'énerva Jake.

Je refermai délicatement mes serres sur son corps convulsé de poisson, visai la petite lucarne de ciel que je distinguais par l'entrée de la grotte, et battis de mes ailes puissantes.

J'émergeai en trombe à l'air libre.

< Ça va, Cassie ? >

< Esprit de poisson... paniqué... l'eau. L'eau tout de suite ! >

< Tiens bon. Tu as déjà vécu ça. Tu sais comment c'est, au début, quand on rentre dans une animorphe. Il faut que tu prennes contrôle des instincts du poisson. >

< L'eau ! L'eau ! Je n'arrive pas à respirer ! >

Je fonçais vers le bord du lac, à environ trois

mètres de hauteur. Tout à coup, en dessous de moi, un Hork-Bajir.

Il leva la tête et m'aperçut. Un oiseau qui tenait un poisson dans ses serres.

Je pensais que le Hork-Bajir ne se rendrait pas compte que les queues rousses n'attrapent pas de poisson. Du moins, j'espérais que non.

Je descendis en piqué au-dessus de l'eau. Le gigantesque vaisseau yirk était juste en train de plonger ses tuyaux de pompage d'eau dans le lac. Je descendis derrière un bosquet d'arbres, sur le rivage.

< Prépare-toi ! > avertis-je Cassie.

Et je la lâchai comme un de ces vieux avions de la Seconde Guerre mondiale lâchant une torpille.

Elle tomba dans l'eau avec un petit plouf.

< Ça va ? >

Pas de réponse.

< Cassie, j'ai dit : est-ce que ça va ? >

< Ou-ouais, finit-elle par répondre. Je suis là. >

< Tu t'adaptes bien, ça va en poisson ? >

De nouveau, pas de réponse. Puis :

< Waouh ! Super ! Je suis sous l'eau ! >

Je me détendis.

< Oui, un peu que tu es sous l'eau >, fis-je en riant.

< J'ai eu peur, avoua-t-elle. Je… je sais que ça paraît fou. Mais je ne pouvais pas m'empêcher de me voir. En friture. Avec une rondelle de citron et de la sauce tartare. >

CHAPITRE 22

Jake fut le suivant. Il morphosa et je le transportai en survolant deux gardes forestiers en patrouille qui ne semblèrent même pas me remarquer.

Puis ce fut le tour de Marco. Quand je sortis de la grotte avec lui, je faillis rentrer dans un grand Hork-Bajir. Lui non plus ne fit pas attention à moi.

Le plan de Cassie marchait. Tous les Contrôleurs avaient beau être en état d'alerte maximale, il ne leur vint pas une seconde à l'esprit que leur ennemi pouvait être un oiseau tenant un poisson entre ses serres.

De retour dans la grotte, il n'y avait plus que Rachel.

< Jusqu'ici, tout va bien. >

– Ouais, je suppose.

< Tu es inquiète ? >

– Il faudrait que je sois folle pour ne pas l'être. Enfin bon. C'est parti.

Elle se mit à morphoser. J'avais déjà vu les trois autres le faire, ce n'était donc pas une surprise pour moi. Mais il demeurait horrifiant de regarder une amie, quelqu'un qu'on aime bien, se tordre et se déformer et morphoser sous ses yeux.

Je crois qu'aucun de nous ne s'habituera jamais à l'animorphe. Peut-être les Andalites y sont-ils habitués. Je ne sais pas. Mais je parierais que ça leur donne la chair de poule à eux aussi, quand ils doivent se morphoser.

Je détournai les yeux lorsque Rachel se mit à devenir hideuse.

Elle était presque entièrement poisson quand cela se produisit.

Crac ! Crac ! Quelqu'un se frayait un chemin dans les broussailles, à l'entrée de la grotte.

– Yeffrach in ici.

Un Hork-Bajir !

– Oui, je vois, ronchonna une voix humaine. Tu

sais, ces corps humains ne sont pas aveugles. Ne va pas te faire des illusions, simplement parce que tu es dans un Hork-Bajir. Et sers-toi donc de tes lames pour déblayer un peu ces ronces du chemin.

J'entendis une sorte de bruit de machette rapide, qui coupait les plantes rampantes et les broussailles.

– T'as pas intérêt à trouver quelque chose ici, dit le Contrôleur humain. Ou Vysserk te fera la même chose qu'au pauvre imbécile qui a laissé l'humain lui échapper.

Je regardai Rachel. Il était trop tard pour qu'elle remorphose en humain.

< Qu'est-ce qui se passe ? > me demanda-t-elle.

< Des Yirks ! Un humain contrôleur et un hork-bajir contrôleur, juste devant la grotte. >

– Entre fergutth vir corps gringalet. Ha ! ha !

– C'était ton secteur de contrôle. Tu n'as même pas remarqué cette grotte. Continue à m'énerver comme ça, et je vais le lui dire, à lui.

– Il va te gulferch et te manger le lulcath. Ha ! ha !

Soudain, une tête humaine apparut, suivie de deux épaules.

L'homme portait un uniforme de garde forestier.

< Il faut s'enfuir ! dis-je à Rachel. Ils arrivent ! >

– Ouais, c'est bien une grotte. Il y a une espèce d'oiseau…

J'attrapai Rachel, maintenant complètement morphosée en poisson. Mais le Contrôleur barrait l'entrée de la grotte.

« Bon, me dis-je. Ça a bien marché avec un hélicoptère… »

Dans un grand bruissement d'ailes, je lui sautai au visage.

– Qu'est-ce que…

Il recula en battant l'air de ses bras, et je passai en l'effleurant de mes ailes.

L'Hork-Bajir cisailla l'air avec une de ses lames de poignets. Il me rasa trois centimètres de queue.

Mais je volais, maintenant, et je me déplaçais plus vite. Seulement c'était difficile, avec Rachel. Le poids d'un poisson est supérieur à ce qu'un queue rousse peut raisonnablement porter. Et j'en avais déjà transporté trois. J'étais fatigué. Heureusement, j'avais aussi très peur. La peur peut donner des forces, parfois.

Sssssssss ! Un rayon Dracon grésilla dans l'air au-dessus de moi !

Malheureusement pour l'Hork-Bajir qui l'avait tiré, le rayon Dracon siffla à mes oreilles mais ne me toucha pas. Non, il termina sa trajectoire contre le ventre du grand vaisseau-citerne. Un petit trou rond et net apparut sur le dessous du vaisseau. Rien de grave.

Pourtant, l'Hork-Bajir se désintéressa brusquement de moi.

– Imbécile ! s'écria l'humain contrôleur. Vysserk Trois va s'offrir ta tête à dîner !

Pendant qu'ils étaient occupés à paniquer, je lâchai Rachel dans l'eau à côté des autres.

< Bon travail, Tobias, dit Jake. Fais attention là-haut, mon pote. >

< Toi aussi en bas. Bonne chance, les gars. >

Je parvenais à peine à les distinguer, petit banc de poissons au bord du lac. Ils s'éloignèrent en nageant et disparurent dans des eaux plus profondes.

Comme je l'ai dit, la portée de la parole mentale a des limites. Nous ne les connaissons pas exactement. Mais je voulais rester aussi près d'eux que je le pourrais, au cas où ils auraient besoin de moi, même si je ne pouvais pas être d'un grand secours à quelqu'un qui était sous l'eau.

Je ne voulais pas rester juste au-dessus d'eux. Je me disais que ça paraîtrait suspect vu du rivage. Je ne savais pas quoi faire. La masse monstrueuse du vaisseau-citerne planait au-dessus du lac, ce qui ne laissait qu'à peu près un mètre de libre au-dessus de la surface de l'eau.

Je décidai de tenter ma chance. Je me mis à voler sous le vaisseau, rasant la surface du lac et effleurant presque le ventre métallique de l'appareil. C'était un exercice très difficile. Il fallait que je me maintienne toujours à la même hauteur. Je ne pouvais pas monter ou piquer de plus de cinquante ou soixante centimètres.

< Ça va toujours, les gars ? >

< Tobias ? Je n'arrive pas à croire que tu puisses encore nous parler mentalement, avec cet énorme vaisseau entre nous >, dit Rachel.

J'imagine que j'aurais pu lui avouer la vérité. A savoir que j'étais à un mètre d'eux, ou guère plus.

Seulement ça n'aurait servi qu'à mettre Jake dans une rage folle, et il m'aurait ordonné de ne pas prendre de risques stupides.

Je calculai qu'entre le temps qu'il avait fallu pour tout le processus de la transformation et pour les transporter l'un après l'autre à l'eau, plus le temps passé à nager jusqu'au grand tuyau d'admission, Cassie était en animorphe depuis un peu plus d'une demi-heure. Jake disposait de dix minutes supplémentaires, ensuite venaient Marco et Rachel.

< Qu'est-ce que vous êtes en train de faire ? > demandai-je.

< On examine l'extrémité de ce tuyau d'admission. Il y a une aspiration terrible >, expliqua Rachel.

< Je vais passer en premier jeter un coup d'œil. Voir de quoi il retourne, annonça Jake. C'est parti. Waouh ! Waouh Waaaaah ! C'est dingue ! >

< Jake, Jake, est-ce que ça va ? > s'écria Cassie.

< Oh ouais ! Quel pied ! Il devrait y avoir un toboggan aquatique comme ça, au Parc. C'est comme de se faire aspirer dans une paille par un géant. >

< Super, dit Rachel. A mon tour. >

< Non, laisse-moi jeter un coup d'œil d'abord. Apparemment, je suis dans une espèce de grand réservoir. L'eau n'est pas très profonde. En tout cas pas encore. Il est en train de se remplir. Avec ces mauvais yeux de poisson, j'ai du mal à voir au-delà de la surface de l'eau. Mais je crois qu'il y a une ouverture au plafond. Comme un genre de grille. >

< Au plafond ? Comment va-t-on arriver là-haut ? > demanda Marco.

< Eh bien, je me dis que s'ils remplissent complètement ce réservoir, on l'atteindra facilement. On devrait pouvoir remorphoser en humains, sortir de là, et ensuite morphoser en quelque chose de plus féroce que nos corps humains. >

< Excusez-moi, dit Marco. Mais est-ce qu'il n'y a jamais personne, à part moi, qui s'arrête le temps de se rendre compte que certaines des choses que nous comptons faire sont complètement folles ? >

< Quoi ? Nous transformer en poissons pour pouvoir nous faire transporter par un faucon et nous laisser aspirer par le tuyau d'un vaisseau spatial extraterrestre pour pouvoir ensuite nous

morphoser en tigres ou en gorilles ou en je ne sais quoi et terrasser les redoutables extraterrestres ? dit Rachel. Est-ce ça que tu entends par folles ? >

< C'est exactement ça. >

< Ben oui, c'est fou. >

< Bon, d'accord, conclut Marco. Du moment qu'on sait tous qu'on est cinglés. Allons-y ! >

CHAPITRE 23

Il n'y avait rien d'autre à faire qu'attendre. Attendre que le niveau d'eau, à l'intérieur du vaisseau, monte et hisse mes amis vers le haut du réservoir. Là où se trouvait la grille.

Je n'arrivais plus à me maintenir en vol horizontal sous le vaisseau. Je leur dis au revoir et fonçai de l'autre côté.

L'air libre avait un goût de bénédiction. Je grimpai en flèche, utilisant un thermique créé par le vaisseau lui-même. Je m'élevai haut dans le ciel, au-dessus de lui.

Les gardes forestiers étaient déployés sur tout le terrain. Les hélicoptères et deux des cafards étaient toujours posés sur la piste de la petite clairière. Le vaisseau Amiral se trouvait là, lui aussi.

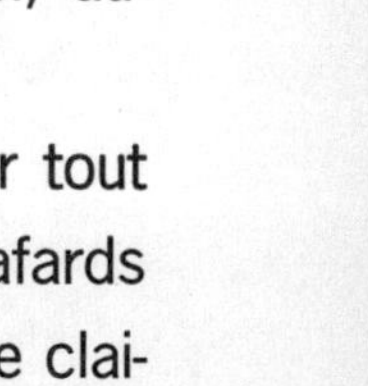

Deux autres cafards continuaient à sillonner le secteur au ras des cimes des arbres.

Pendant que j'observais tout cela, ils amenèrent l'Hork-Bajir qui avait maladroitement tiré le rayon Dracon. Ils le traînèrent devant Vysserk Trois.

Nous en étions venus à considérer les Hork-Bajirs comme des monstres meurtriers et totalement sans peur. Pourtant, celui-là n'avait pas l'air très courageux. Il s'effondra par terre, aux pieds de Vysserk Trois. J'eus presque de la peine pour lui.

C'était un des aspects terribles de notre combat contre les Yirks. Vous voyez, notre ennemi était seulement la limace yirk qui vivait dans la tête des Contrôleurs. Cet Hork-Bajir pouvait très bien s'être retrouvé Contrôleur totalement contre son gré. Il avait perdu sa liberté, soumis à la volonté du Yirk qui était dans sa tête. Et maintenant, il allait perdre la vie, à cause de l'erreur d'un autre.

Je ne pouvais pas entendre ce qui se passait en bas, à terre. Mais je pouvais le voir. Mes yeux de faucon ne voyaient que trop bien.

Alors, je me suis détourné. Je ne vous dirai pas ce qui est arrivé à l'Hork-Bajir. Ce souvenir sera mon cauchemar personnel. Mais quand j'ai regardé de nouveau, il avait disparu. A sa place, il y avait un soudain rassemblement d'autres Hork-Bajirs, de Taxxons et d'humains, qui entouraient tous Vysserk Trois qui avait l'air en colère. Il faisait signe en direction du ciel.

En l'espace de quelques secondes, les hélicoptères décollèrent. Les deux cafards mirent leurs moteurs en marche et s'élevèrent dans le ciel.

J'eus l'horrible sentiment de savoir ce qui s'était passé. L'Hork-Bajir condamné avait parlé à Vysserk Trois de l'oiseau sur lequel il avait tiré. Et un autre Contrôleur avait dû dire : « Ah oui, moi aussi j'ai vu un oiseau qui avait un comportement suspect. » Et, certainement, quelqu'un avait ajouté : « Hé, c'était pas un oiseau, hier, qui a attaqué l'Hork-Bajir et a permis à l'humain de fuir ? »

Vysserk Trois avait fait le rapprochement. Un animal ne se comportant pas comme un animal, cela ne pouvait signifier qu'une chose, pour lui : un Andalite en animorphe.

J'imagine que j'aurais dû me sentir flatté que Vysserk Trois nous prenne, nous les Animorphs,

pour de vrais guerriers andalites. Mais cela ne faisait aucune différence qu'il me prenne pour un Andalite ou pour un humain. Il envoyait ses créatures dans le ciel. Attraper un oiseau qui n'en était pas un.

Moi.

Un cafard rasa la cime des arbres. Ses deux rayons Dracon tiraient sans relâche, par brèves rafales de lumière brûlante.

J'avais la gorge serrée. Ils tuaient tous les oiseaux qu'ils voyaient ! La queue rousse ! C'était son territoire.

Mais soudain, derrière moi, un hélicoptère !

TCHACA ! TCHACA ! TCHACA ! TCHACA ! TCHACA ! TSSSIOU !

Un rayon Dracon. Il me rata de justesse. Pas moyen de me sauver. Entre les hélicoptères et les cafards, ils étaient trop nombreux et trop rapides.

Cependant, il y avait un endroit où personne n'oserait envoyer de rayon Dracon. Pas après ce que Vysserk Trois venait de faire à l'Hork-Bajir maladroit.

Je laissai s'échapper l'air qui gonflait mes ailes et piquai. En bas, en bas, toujours plus bas. Vers l'immense vaisseau-citerne qui s'étendait en dessous de moi comme une prairie d'acier.

En un instant, ils furent tous sur moi. Mais les angles de tir leur étaient défavorables. J'étais trop près du vaisseau ; ils ne pouvaient pas tirer !

J'atterris sur le toit du vaisseau. Je posai fermement les serres sur la surface de métal, froide et dure. Elle s'étalait autour de moi ; elle se perdait à l'infini à mes yeux et je n'en voyais même pas les bords. C'était comme si je me trouvais debout tout seul sur une lune de métal. Au-dessus de ma tête planaient des hélicoptères et des cafards. Je vis des yeux d'humains, d'Hork-Bajirs et de Taxxons, tous rivés sur moi.

Je reconnus leur regard. Le regard du prédateur.

Et moi, leur proie.

CHAPITRE 24

Ça ne se présentait pas bien pour moi. Si j'essayais de m'envoler de ce vaisseau, je me ferais tirer dessus dix fois avant d'avoir pu m'éloigner.

La scène avait un caractère sinistre. J'étais perché au milieu de cette grande plaine de métal, tandis qu'au-dessus de ma tête ils planaient, comme un essaim de prédateurs meurtriers.

Puis la situation empira. Empira énormément.

Il entra dans mon champ de vision en flottant comme une lune noire – le vaisseau Amiral de Vysserk Trois. Il planait à quelques dizaines de mètres à peine au-dessus de ma tête. Je sentis mes dernières réserves de courage s'épuiser.

« Tobias, mon pote, me dis-je, tu ne vas pas t'en sortir vivant. »

Mais ils se contentaient tous de planer là. Lentement, je commençai à me rendre compte de la vérité : ils ne savaient pas quoi faire. Ils ne pouvaient pas me tirer dessus sans toucher le vaisseau.

< Andalite ! >

La voix dans ma tête me fit chanceler. Je faillis m'envoler par pure peur. Il ne m'avait jamais parlé directement avant cela. C'était une voix d'un pouvoir absolu. D'une assurance totale. Le simple écho silencieux de cette voix dans votre tête suffit à vous pousser à lui obéir. A vous faire peur et trembler. C'est la voix de la terreur. C'est la voix de la destruction.

< Andalite. Imbécile. Crois-tu que j'ignore ce que tu es ? Un véritable oiseau s'envolerait. >

«Ne dis rien ! m'ordonnai-je à moi-même. Rien ! » Si j'essayais de répondre, il risquerait de comprendre que j'étais humain. Je ne lui apprendrais pas cela ; je ne lui donnerais rien.

Je fermai mon esprit. Mais je ne pouvais pas empêcher cette voix sombre d'y pénétrer.

< Rends-toi, Andalite. Je t'accorderai une mort

rapide et sans souffrances. Dès que tu m'auras dit où sont les autres. >

J'avais vu ce que Vysserk Trois avait fait à l'Hork-Bajir qui l'avait mécontenté. Le souvenir était encore frais dans ma mémoire.

< Comme tu voudras, Andalite. Je suis patient. Je peux attendre ici tout le temps qu'il faudra. Et alors, tu mourras. Rapidement, fauché par un rayon Dracon. Ou, peut-être, si nous arrivons à t'attraper, plus lentement, ici, dans mon vaisseau Amiral. Beaucoup plus lentement. >

A ce moment-là, j'entendis une autre voix dans ma tête. Une voix très différente. Faible. Comme si elle était très éloignée.

< Tobias ? Tobias, tu m'entends ? >

Rachel !

< Oui, je t'entends ! >

< Tobias ! Nous sommes piégés ! Le réservoir est plein, mais la grille ne veut pas s'ouvrir. Cassie et Jake ont déjà remorphosé en humains, mais ils n'arrivent pas à l'ouvrir. Nous sommes prisonniers ici ! >

< Rachel ! Je... Qu'est-ce que je peux faire ? >

< Nous ne pouvons pas sortir, s'écria Rachel. Écoute-moi, Tobias. Nous sommes prisonniers. Il n'y a aucun moyen de sortir. Le vaisseau va bientôt décoller. Ils vont nous trouver quand ils arriveront au ravitailleur et déchargeront l'eau. Tobias ? Nous... nous ne voulons pas être pris vivants. >

Mon sang se glaça. La tête me tournait.

< De quoi tu parles ? >

< Écoute, Tobias, nous ne pouvons pas être pris vivants ! Est-ce que tu comprends ? S'il y a quoi que ce soit que tu peux faire... n'importe quoi ! >

< Rachel ! Qu'est-ce que je peux faire ? Je ne peux pas vous faire sortir de là ! >

< Je sais, dit Rachel. Nous le savons tous. Mais s'il y a un moyen de... Si ce vaisseau pouvait être détruit. Nous savons que ce n'est sans doute pas possible. Je... seulement s'il y avait un moyen... >

< Non ! Non ! >

< Il faut que je remorphose en humain. On nagera en attendant. Il faut que nous soyons prêts pour quand ils arriveront au ravitailleur. Alors, nous morphoserons en d'autres animaux, et nous tomberons en nous battant. >

< Non ! m'écriai-je, Non ! >

< Je crois que Marco avait raison dès le départ, continua tristement Rachel. J'imagine que c'était de la folie de croire que nous pouvions combattre les Yirks. >

< Rachel... Je ne t'ai jamais dit... >

< Tu n'avais pas besoin de me le dire, Tobias. Je le savais. Au revoir. >

Elle se tut. Dans mon esprit, je pouvais l'imaginer en train de reprendre sa forme humaine. De nager avec les autres, incapables de s'échapper. Ne s'attendant qu'au pire. Priant pour que j'arrive à trouver un moyen de rendre leur fin rapide. Comme Vysserk Trois avait proposé de le faire pour moi.

Nous avions perdu. Les Yirks avaient gagné, pour finir. Et quand nous aurions disparu, le dernier espoir de l'espèce humaine s'éteindrait.

Au-dessus de moi, le vaisseau Amiral attendait comme... comme un faucon guettant un lapin. Prêt à fondre sur moi et à m'achever.

Seulement je n'étais pas un lapin. Vysserk Trois était un prédateur ? Eh bien moi aussi.

Et je n'avais plus rien à craindre. Si mes amis

devaient mourir dans le ravitailleur, je serais seul et perdu dans un monde où je n'avais de place nulle part.

Je n'avais plus rien à perdre.

A ce moment là, j'aperçus quelque chose qui aurait dû me terrifier. A travers la plaine de métal du vaisseau, ils rampaient vers moi en ondulant. Tout autour de moi. Ils étaient une douzaine. Des vers géants. Des mille-pattes affamés de chair vivante. Des Taxxons. Ils étaient sortis du vaisseau, sur ordre de Vysserk Trois. Si je restais sur place, ils m'attraperaient. Si je m'envolais, les vaisseaux yirks qui planaient dans le ciel me grilleraient au rayon Dracon.

Le cercle de Taxxons se refermait sur moi.

< On dirait que tu es perdu >, dit Vysserk Trois dans ma tête.

Il éclata de rire. Ce n'était pas un joli rire.

« Ah, Vysserk Trois, prédateur impitoyable, pensai-je. Très malin. Tu m'as piégé. Piégé comme un lapin. »

Mais un lapin piégé est une chose. Et un faucon piégé, un faucon qui a un esprit d'être humain, c'est une tout autre affaire.

Le Taxxon le plus proche braqua un lance-rayons Dracon sur moi. Il me regarda avec deux des boules rouges qui leur servent d'yeux.

Je poussai sur mes pattes. Battis l'air de mes ailes. Et m'élançai droit sur ces yeux rouges et gélatineux.

Il leva une de ses faibles pattes avant pour se protéger les yeux. Erreur ! J'obliquai légèrement sur la droite, pointai les serres en avant et frappai comme si je m'abattais sur une souris.

Mes serres se refermèrent sur le lance-rayons Dracon. La faible poigne du Taxxon ne pouvait rien contre ma vitesse. Je lui arrachai le lance-rayons de la patte.

< Attrapez-le ! > cria Vysserk Trois.

Je pouvais pratiquement voir le vaisseau Amiral tanguer sous la force de sa rage.

Mais je ne me suis pas envolé. Je me suis mis à voler vite mais au ras de la surface métallique et courbe du vaisseau. Ils ne pouvaient pas me frapper sans toucher aussi leur précieux vaisseau.

Je savais exactement où je voulais aller. Effleurant littéralement la surface du vaisseau à chaque battement d'ailes, je fonçais vers la passerelle de commandement. Vers les minuscules hublots par lesquels j'avais vu l'équipage de Taxxons.

Je ne pouvais peut-être pas sauver mes amis. Mais je pouvais tenter d'exaucer le dernier souhait de Rachel. Je pouvais essayer d'abattre ce vaisseau.

Même si cela signifiait la fin pour mes amis.

CHAPITRE 25

< Décollez ! Partez ! > ordonna Vysserk Trois à l'équipage du vaisseau-citerne.

Presque immédiatement, l'immense engin bougea vers l'avant. Très lentement, d'abord. Mais en se déplaçant, il créait un vent contraire. La passerelle de commandement s'éloignait de moi. Le vaisseau s'élevait tout en avançant.

Déjà trente mètres d'altitude. Soixante, maintenant !

< Ha ! Pas si facile, hein, Andalite ! >

A ce moment-là, j'ai éprouvé une très forte envie d'ébranler ce monstre maléfique en lui disant :

< Devine quoi, face de rat ? Il n'y a pas d'Andalite qui tienne ! Mon nom, c'est Tobias ! >

Mais je n'étais pas prêt à faire le fier. La vérité,

c'est que la situation se présentait mal. Le vaisseau gagnait progressivement en vitesse.

Je me mis à battre des ailes de plus en plus fort. Je reprenais du terrain. Mais c'était douloureux, et la fatigue me gagnait. Le lance-rayons m'alourdissait.

Devant moi, à un mètre où deux, j'apercevais la bulle de la passerelle de commandement.

Je gagnai trente centimètres. Trente de plus, cinquante.

Je me posai et repliai les ailes. Je ne pouvais plus voler. Mais je pouvais encore me traîner avec mes serres, en m'agrippant aux petites arêtes et aspérités dont était strié le dessus de la passerelle de commandement.

J'y étais ! En dessous de moi, du plastique transparent. Je pouvais maintenant voir l'équipage sur la passerelle. Les Taxxons levaient vers moi des yeux paniqués.

Dans un élan désespéré, je me propulsai en l'air. Il me fallait voler de toutes mes forces pour me maintenir à la hauteur des hublots de la passerelle du vaisseau, qui fonçait dans l'atmosphère.

Alors, d'une seule serre aiguisée, j'appuyai sur la détente du lance-rayons Dracon.

< Grillez, vers de terre ! >

Il n'y eut pas de recul. Ce n'était pas du tout comme une arme à feu normale. Mais un rayon d'intense lumière rouge jaillit de mon arme vers la passerelle. Il perça un trou dans le hublot, transperça un gros Taxxon et se mit à trancher le tableau de bord et les instruments de navigation comme une lame de couteau chaude s'enfonçant dans du beurre. J'appuyai sur cette détente aussi longtemps que je pus.

A la fin, épuisé, je dus m'arrêter. Le lance-rayons Dracon glissa de ma serre et dégringola vers la terre.

Mais j'avais réussi.

C'était une chose terrible et incroyable à voir. Le vaisseau, grand comme un gratte-ciel, d'une taille défiant l'imagination, se mit à trembler comme s'il venait de passer sur un ralentisseur.

Pourtant, il continua de s'élever, prenant une brusque orientation verticale dans le ciel, comme un dauphin qui saute hors de l'eau. Il voulait regagner l'espace, son environnement naturel. Mais il était clair qu'il n'était plus contrôlé. Soudain, il roula sur le flanc.

BOUM ! Une boule de flammes orange !

Le vaisseau fou s'était aveuglément écrasé sur un hélicoptère qui vola en pièces.

Les cafards et le vaisseau Amiral se retirèrent précipitamment de son chemin. Trop tard.

CRAC ! CRAC ! BA DA BOUM !

Un des cafards heurta de plein fouet le flanc du vaisseau. Fin du cafard. Le vaisseau Amiral et le cafard restant se replièrent rapidement.

C'est alors que j'aperçus le trou. Une brèche d'une trentaine de mètres de longueur s'était ouverte sur le flanc du vaisseau-citerne. De ce trou jaillissait l'eau du lac. Une cataracte tombant du ciel. Des millions de litres d'eau se déversaient.

< Oh la vache... ! > murmurai-je.

Nous nous trouvions à peut-être vingt mètres d'altitude au-dessus de la forêt, quand je les aperçus.

Cassie la première. Puis Rachel et Marco, ensemble. Enfin, Jake. Ils tombèrent, entièrement

humains, par le flanc ouvert du vaisseau. Ils dégringolaient, impuissants, condamnés à s'écraser sur le sol qui montait vers eux !

< Nooon ! >

Je savais que je ne pouvais rien faire. Je le savais. Pourtant, je m'élançai derrière eux. Je fonçai de toutes mes forces vers mes amis qui tombaient en agitant les bras dans l'air, la bouche ouverte, hurlant de terreur.

CHAPITRE

26

Ils tombaient dans le vide.

Mais en tombant, ils se mirent à changer. Cassie fut la première. Des plumes jaillirent de sa peau. Une de ses animorphes était un aigle pêcheur. Un cousin lointain de la queue rousse.

Elle tombait, et à mesure qu'elle tombait devenait de moins en moins humaine.

Marco et Rachel avaient tous les deux déjà morphosé l'un en aigle pêcheur, l'autre en aigle à tête blanche. Ce sont des oiseaux immenses, beaucoup plus grands que les faucons à queue rousse.

Sous mes yeux, de longues ailes remplacèrent leurs bras ballants.

Jake avait déjà morphosé un faucon pèlerin. Les faucons pèlerins sont si rapides qu'à côté d'eux, les

queues rousses ont l'air de faire du surplace. Je vis un bec pousser de la bouche de Jake.

Pas assez de temps. Pas assez de temps ! Ils s'écraseraient au sol avant que...

SCHWOUPP ! Cassie ouvrit les ailes et rasa la cime des arbres. Marco avait à peine terminé. Il s'enfonça dans la forêt et je le perdis de vue. J'étais sûr que, pour lui, ça avait été trop tard.

Mais alors, au-dessus des arbres, plana un oiseau qui avait une envergure d'un mètre quatre-vingts et une tête blanche et fière.

< Oui ! > m'écriai-je.

Dans le ciel, l'énorme vaisseau-citerne cessa de prendre de l'altitude. Il bascula de nouveau, cette fois-ci sur le dos, et dégringola vers la Terre.

< Alors là, entendis-je Marco hurler, là, c'était vraiment limite ! Ça suffit. J'en ai eu ma dose, de cette histoire d'Animorphs ! >

< T'es pas encore tiré d'affaire ! lui dis-je. Regarde ! >

Maintenant que le vaisseau-citerne était vaincu et tombait vers la Terre, le vaisseau Amiral et les cafards s'élançaient à notre assaut.

< Vite ! Dans les arbres ! A couvert ! > hurlai-je.

Comme un escadron de combat bien entraîné, nous avons piqué vers la forêt. Sous la cime des arbres, là où les Yirks ne pourraient plus nous voir.

Boum ! Une explosion. Le vaisseau-citerne avait touché le sol. La secousse nous projeta avec la force d'un raz de marée aérien. Je fus envoyé contre un arbre mais parvins à ne pas me blesser.

< Tout le monde va bien ? > criai-je.

L'un après l'autre, ils répondirent que oui. Mais l'explosion avait perturbé tous les animaux de la forêt. Les oiseaux s'étaient soit cachés, soit enfuis pendant le premier combat. Les rares oiseaux qui étaient restés s'envolaient maintenant, effarouchés.

Je la vis s'envoler. La queue rousse. Elle avait peur et voulait se réfugier dans le ciel. Mais le ciel n'avait pas d'asile à lui offrir. Je ne sais pas quel vaisseau tira le rayon Dracon ; s'il s'agissait d'un des cafards ou du vaisseau Amiral.

Vous comprenez, ils m'avaient bien regardé. Et elle me ressemblait à s'y méprendre.

Le rayon Dracon grésilla. Il lui brûla une aile. Et elle tomba à terre, pour ne plus jamais s'envoler.

CHAPITRE 27

Le vaisseau yirk brûla. Ses restes furent éliminés par les Yirks. Il ne subsista aucune preuve de son existence. Rien que nous puissions montrer au monde.

Mais nous l'avions détruit. Ainsi qu'un cafard. Et nous nous en étions tirés vivants.

Presque tous.

Un jour plus tard, je retournai voir Rachel. On aurait dit qu'elle m'attendait.

– Salut, Tobias. Entre, ça ne craint rien.

Je sautai par la fenêtre et voletai jusqu'à sa commode.

– Comment vas-tu ? me demanda-t-elle.

< Ça va >, répondis-je.

Elle semblait peu sûre de ce qu'elle allait dire.

– Écoute, euh... Tobias. Peut-être que ça va te paraître bête. Mais Cassie et moi, on a pensé, tu sais, qu'on retournerait peut-être au lac. Pour essayer de trouver... son corps. A la queue rousse. Tu sais, qu'on l'enterre, au moins.

< Non, ça ne me paraît pas bête, Rachel, dis-je doucement. Pas bête du tout. Juste humain. >

Elle me regarda avec intensité.

– Eh bien, nous sommes humains. Nous tous.

< Oui. J'ai compris que j'étais humain quand je me suis rendu compte de... de la peine que ça me faisait qu'elle ait été tuée. Tu vois, ça ne ferait rien à un faucon. Si elle avait été ma compagne, elle m'aurait manqué, j'aurais été perturbé. Mais de la tristesse ? C'est une émotion humaine. Je sais que ça paraît bizarre, mais je crois que seul un humain peut vraiment avoir de la peine qu'un oiseau soit mort. >

– Si tu nous aidais à chercher, nous pourrions peut-être encore trouver son corps.

< Non. Son corps aura été mangé. Par un raton laveur, ou un loup, ou un autre oiseau. Peut-être même par un autre faucon. C'est comme ça que ça se passe. >

– C'est comme ça que ça se passe pour les animaux sauvages, Tobias. Pas pour les humains.

< Ouais, je sais. C'est par ça que je sais que son corps a déjà été dévoré, Rachel. Je suis un humain, oui. Mais je suis aussi un faucon. Je suis un prédateur qui tue pour manger. Mais je suis aussi un être humain qui... qui pleure, quand quelqu'un meurt. >

Elle eut l'air terriblement triste.

Je me suis dirigé vers la fenêtre. C'était une journée splendide. Les cumulus annonçaient la présence de thermiques qui me porteraient sans effort à travers le ciel. J'ai pris mon envol.

Je suis Tobias. Un garçon. Un faucon. Un étrange mélange des deux. Vous savez maintenant pourquoi je ne peux pas vous dire mon nom de famille. Ni où j'habite. Mais peut-être qu'un jour vous lèverez les yeux vers le ciel, et vous y verrez la silhouette d'un grand oiseau de proie. Un grand oiseau avec un bec tranchant et des serres acérées. Un oiseau aux larges ailes déployées pour attraper les thermiques.

Soyez heureux pour moi, et pour tous ceux qui volent librement.

L'aventure continue...

Ils sont parmi nous !
Ne Les laissez pas vous contrôler, lisez...

L'invasion

Animorphs n° 1

Et découvrez dès maintenant
ce qui vous attend !

« Pour rentrer chez nous depuis le centre-ville, on peut prendre le chemin le plus sûr, ce qui oblige à faire un grand détour, ou alors couper par le chantier de construction abandonné en espérant qu'aucun criminel maniaque n'y rôde. Mes parents m'ont juré qu'ils me priveront de sortie jusqu'à ma vingtième année si jamais ils apprennent que je l'ai traversé.

Cette menace ne nous empêcha pas de pénétrer dans le chantier abandonné. Il couvre une surface importante, bordée d'arbres sur deux côtés et séparée du centre-ville par le boulevard. C'est un endroit très isolé car un vaste terrain vague s'étend entre le chantier et les maisons les plus proches.

A l'origine, c'était censé devenir un centre commercial. Maintenant, ce n'était plus qu'un ensemble de bâtisses inachevées ressemblant à une ville fantôme parsemée de monceaux de poutrelles rouillées, de pyramides d'énormes tuyaux de ciment, de monticules de déchets, de fosses remplies d'eau croupie et d'une grue grinçante que j'avais escaladée un jour contre l'avis de Marco qui était resté en bas et m'avait traité d'idiot.

C'était un lieu totalement désert, plein d'ombres et de bruits qui vous faisaient dresser les cheveux sur la tête. Lorsque Marco et moi nous y rendions dans la journée, nous y trouvions toujours un tas de cannettes de bière et de bouteilles vides et, comme nous découvrions parfois les cendres de petits feux de camp dans les recoins des bâtiments, nous savions que l'endroit était fréquenté la nuit. Je pensais à tout cela pendant que nous traversions le chantier.

Ce fut Tobias qui l'aperçut le premier. Il marchait le nez en l'air en observant les étoiles. Tobias est parfois comme ça : perdu dans ses pensées. Il s'arrêta brusquement, un doigt tendu vers le ciel.

– Regarde, me dit-il.

– Regarde quoi ? demandai-je.

Ce n'était pas le moment de me déranger, parce que j'étais à peu près certain d'avoir entendu un tueur à la tronçonneuse se faufiler derrière nous.

– Regarde, c'est tout, me répondit Tobias d'une drôle de voix, mi-sérieuse, mi-étonnée.

Alors je levai les yeux, et c'était là : une brillante lumière blanc-bleu striant le ciel, d'abord très vite, trop vite pour être un avion, puis de plus en plus lentement.

– Qu'est-ce que c'est ?

Tobias secoua la tête.

– Je ne sais pas.

Je regardai Tobias et Tobias me regarda. On avait tous les deux la même idée, mais on ne voulait pas la dire, de peur que Marco et Rachel se moquent de nous.

Cassie, elle, n'hésita pas.

– Une soucoupe volante ! s'écria-t-elle. ❞

Ils sont parmi nous !
Ne Les laissez pas vous contrôler, lisez...

Le visiteur

Animorphs n°2

Et découvrez dès maintenant
ce qui vous attend !

« Je traversai la cuisine en trottant. J'étais Rachel et j'aurais dû avoir peur. Mais je ne pouvais pas avoir peur. Tout avait mon odeur, ici. Mes glandes odoriférantes avaient laissé leur marque partout : sur cette porte, sur ce placard, sur cette chaise. Ça me rassurait. L'odeur du grand mâle dominant était absente de la maison. Non, il n'y avait pas un seul autre chat ici. Rien que des odeurs humaines, et les humains n'étaient pas très importants.

Je sortis de la cuisine et m'arrêtai au coin de l'entrée et de la salle de séjour. Chapman était là, dans le séjour. Je pouvais le flairer. Il était assis sur le canapé. Je lui jetai un coup d'œil et m'avançai.

Mais je m'immobilisai presqu'aussitôt. Mon cerveau humain avait senti que quelque chose clochait. Chapman était juste assis sur le canapé. Pas de télé. Pas de musique. Il ne lisait aucun livre, aucun journal. Il était juste assis.

Je retournai dans la cuisine. Je levai les yeux sur Mme Chapman. Elle faisait quelque chose dans l'évier. La vaisselle, peut-être. Non, elle épluchait des légumes. Mais là non plus, pas de télé, pas de musique. Elle ne fredonnait pas comme le fait ma mère quand elle travaille dans la cuisine. Ça n'était pas normal. Les époux Chapman avaient tous les deux quelque chose d'anormal.

Je revins dans l'entrée. Un escalier menait aux chambres à coucher. D'ici, j'entendais mieux Melissa. Je me concentrai, en m'efforçant d'ignorer les sons fascinants des oiseaux sous l'avant-toit. Je me concentrai sur les sons humains de la voix de Melissa.

– ... divisé par la racine carrée de... non, attends. Non, racine carrée de... Ça tombe juste ?

Elle faisait ses devoirs. Ses devoirs de maths, visiblement.

« Je devrais moi aussi être en train de les faire », songeai-je, avec une pointe de culpabilité. Au lieu de cela, je rôdais comme une voleuse dans la maison de mon amie pour l'espionner, elle et ses parents.

J'essayai de trouver une horloge. Il fallait que je sache l'heure. A neuf heures quarante-cinq, mes deux heures seraient écoulées. Je voulais avoir quitté cette animorphe et regagné mon corps bien avant. Avec un peu de chance, j'aurais encore le temps de rentrer à la maison faire mon devoir de maths et lire peut-être un chapitre ou deux pour le cours d'histoire.

J'aperçus une pendule. Elle était sur le rebord de la cheminée. Le cadran disait huit heures moins trois. J'avais tout mon temps.

Un mouvement brusque !

Ah, c'était simplement Chapman qui se levait.

La partie chat de mon individu n'éprouvait pas le moindre intérêt pour Chapman. Mais je m'obligeai à lui prêter attention. C'était important de l'observer. C'était pour cette raison que j'étais là.

C'est lui la proie ? semblait demander le cerveau du chat.

Oui. Oui, dis-je au cerveau du chat.

Chapman est notre proie. ❞

Ils sont parmi nous !
Ne Les laissez pas vous contrôler, lisez...

Le message

Animorphs n°4

Et découvrez dès maintenant
ce qui vous attend !

“ Il reprit rapidement le contrôle des instincts du faucon.

< C'était bizarre >, remarqua-t-il.

– Il m'est arrivé la même chose, lui répondis-je. Je me suis évanouie, et ensuite j'ai refait ce rêve. Seulement cette fois-ci, j'ai entendu une vraie voix. Ou en tout cas une parole mentale.

< Moi aussi >, confirma Tobias.

– Bon, ça devient inquiétant, ce truc, intervint Rachel. Parce que moi aussi, j'ai eu l'impression de ressentir quelque chose.

– Moi aussi, fit Jake.

Marco hocha également la tête.

< Je sais que ça paraît fou, reprit Tobias, mais... mais c'est comme si quelqu'un envoyait un signal de détresse. Comme si on appelait à l'aide. >

– Seulement ce quelqu'un est dans l'eau, ou sous l'eau, précisai-je. De voir cette cassette et cette inscription, ça a fait comme si soudain le message était plus fort.

– A moins que ce ne soit qu'une coïncidence, estima Jake. En tous cas, ce n'est pas un rêve. Je ne sais pas ce que c'est, mais ce n'est pas un rêve. Je n'ai fait qu'apercevoir quelque chose. Mais je pense que c'est une forme de communication.

– Tout ça est passionnant, certes, intervint Marco, mais et alors ? Je veux dire, est-ce la Petite Sirène qui nous envoie des messages psychiques ? Qu'est-ce qu'on est censé faire ?

Jake me regarda attentivement :

– Cassie ? La voix dans ton rêve, était-ce une voix humaine ?

La question me dérouta. Je n'y avais pas vraiment pensé. En fait ça me fit rire.

– Quand tu m'as posé la question, la première réponse qui m'est venue à l'esprit, c'est non, ce n'était pas une voix humaine. Mais c'est absurde ! m'exclamai-je en riant de nouveau.

< Ce n'est pas une voix humaine, ajouta soudain Tobias. Je comprends le sens de ce qu'elle dit, mais elle n'est pas humaine. Elle ne parle pas vraiment avec des mots. >

– Alors qu'est-ce que c'est ? demanda Rachel. Une voix yirk ?

Je laissai mon esprit repartir vers le rêve, pour tenter de retrouver le son de cette voix.

– Non, pas yirk. Ça me rappelle quelque chose... quelqu'un.

< L'Andalite ! > lâcha brusquement Tobias.

Je claquai des doigts.

– Oui ! C'est ça ! Ça me rappelle l'Andalite. La première fois qu'il nous a parlé par parole mentale. C'est comme cette voix.

Loi n° 49-956 du 16 juillet 1949
sur les publications destinées à la jeunesse
ISBN 2-07-050979-6
Dépôt légal : mai 1997
Imprimé sur les presses de la Société Nouvelle Firmin-Didot
N° d'impression : 38629